龙郁诗选

SELECTED POEMS OF LONG YU

龙郁 著

吉林出版集团股份有限公司

图书在版编目（CIP）数据

龙郁诗选 / 龙郁著. -- 长春 ：吉林出版集团股份
有限公司，2017. 12（2024.8重印）
　　ISBN 978-7-5581-4297-0

　　Ⅰ . ①龙… Ⅱ . ①龙… Ⅲ. ①诗集－中国－当代
Ⅳ. ①I227

中国版本图书馆CIP数据核字（2017）第317771号

龙郁诗选
LONGYUSHIXUAN

著　　者：龙　郁
责任编辑：矫黎晗
封面设计：杨梦清
排版设计：圣轩文化
出　　版：吉林出版集团股份有限公司
发　　行：吉林出版集团社科图书有限公司
电　　话：0431-86012746
印　　刷：三河市同力彩印有限公司
开　　本：880mm×1230mm　　1/32
字　　数：150千
印　　张：10
版　　次：2018年4月第1版
印　　次：2024年8月第3次印刷
书　　号：ISBN 978-7-5581-4297-0
定　　价：49.80元

如发现印装质量问题，影响阅读，请与印刷厂联系调换。

目　录

上 部

（本部分收录已发表的作品100首）

雨，还在继续下着

他目中无人，也

目中无雨地向烟雨深处走去

生命的光芒

不是夜明珠、萤火虫
我，本不会发光
小时候，曾被饥饿和贫困照亮
幸亏，也被母爱照亮

长大后，木木的我
被火柴照亮
于是，我也开始燃烧起来
被夜照亮，被黑照亮
当然，照亮我的
还有诋毁、抹煞、诽谤
就在风雨飘摇的我快要熄灭时
总有一些翅膀拢过来
本不会发光的我
被关爱照亮……

是的，我活在人世
必须为那些照亮我的人发热
为养活我的粮食发光
每当我想到这个灾难深重的民族

已到了最危险的时候
就被热血和胆汁照亮……

其实，我的一生都在燃烧
终将化为灰烬，化为磷光

（原载《绿风》诗刊 2016 年 1 期）

松开的拳头

当我攥紧双拳时
手心空空如也
只捏住一把冷汗
松开后，才重新找回了十根指头
用来与人生握手言欢

（原载《星星》诗刊 2017 年 4 期）

一个人的街道

暴雨。突如其来
熙熙攘攘的街面一下就开阔了
刚才还闲庭信步的路人
顷刻间作鸟兽散

与暴雨一同出现的
是一个把双手插在裤兜的人
只因为无视雨的存在
而成了众目的焦点

要是没有这场暴雨
谁会留意他呢
这时，整条街就属于他一个人
风和雨前呼后拥
仿佛是在接受一场洗礼

啊！这个神秘的人
他莫非是在替我们淋雨
也许，他只是想
借这场雨浇灭心中的火气

反正，他是那么突出
甚至让人怀疑
是他领来了这一场暴雨

雨，还在继续下着
他目中无人，也
目中无雨地向烟雨深处走去

（原载《星星》诗刊 2014 年 12 月号　入选《2015 年中国诗歌》年选）

辽　阔

名声，早已远播了
别问多宽、多广
辽阔——不过是一粒花椒入口的味道
我把它称之为：响亮

马蹄在舌尖上奔跑
去向长城内外，天山南北
和很远的远方……
然而，世界的浩大只让我感到逼仄
一不小心，就撞了南墙

浪迹天涯的游子
最思念故乡
在尝遍了人生的酸、甜、苦、辣之后
一碗地道的麻婆豆腐
让身在异域的人打不清方向

（原载《星星》诗刊 2014 年 12 月号）

好诗，必须再读一遍

最美的房子是简朴的房子
简朴的竹楼上住着傣家少女
我喜欢看她踩着云朵
从竹梯上，一步一步下来
一级一级下来
提着筒裙，扭着腰肢
"嘎吱嘎吱"地，一梯一梯下来
对直下到我的面前
变成一片开花的草地……

这样的好诗，百读不厌
我喜欢看她从标题上
一行一行地，再重头下来一次

（原载《星星》诗刊 2017 年 4 期）

绳

一条绳子
并不想像蛇一样盘成一圈
松松垮垮地
闲着……

是绳子就得吃力
无论是拴、捆、拉、拽
都全力以赴
越是面对松动的物件
越是往死里勒
（当然，最好不是用来绑人）
绳子，因用劲
更像绳子

别看这绳子
有时软得没有一点脾气
一当它挽成套子
打成疙瘩时，你才认得到
这根瞿筋和傲骨
那次，为救一个落井的小孩

弯曲的绳子一跃而下
直得一丝不苟

提得起，也放得下
绳子即使剪断了也是绳子
长绳短绳粗绳细绳
都是为了固定
一看见它晃晃悠悠地走来
世界就不敢乱动……

由结绳记事
联想到嘉陵江上的纤夫
人类的历史，也是
被拽着一路走来的
关于绳子的学问实在太深了
有许多死结
我至今也没法解开

（原载《诗刊》2012年6月号上半月）

午夜，遭遇易拉罐

午夜。落寂的我
在空荡荡的长街上，踽踽独行
不慎，踢到了一只易拉罐
这空空的镔铁盒子
里面竟装了那么大的动静

被遗弃，难免火气很大
但并不想伤害别人
它只是借我的脚发泄一下心中的不满
而受伤的，也只能是自身
现在，它又蹲到街对面的树荫下
换个地方，静静地苦等
可喝饮料的人，是决不会在意
一只空罐子的郁闷
它等来的，只会是另一只脚的伤害
和一声空洞的响声……

（原载《诗刊》2014 年 4 月上半月刊）

闪电的回音

让人眼前一亮的
不是奇葩美女
而是一匹鬃毛飞扬的闪电
至于回音，可以是

雷。惊天动地的霹雳
让大地为之颤栗
只是，让人心中雪亮的闪电
却踮着脚尖从窗前经过
——雷不惊醒梦中人
（不是惊不醒）
当你睁眼时，暴风骤雨已然过去
太阳正在冉冉升起
但你却能从抽芽的麦苗
或炸开的棉桃中
聆听到——闪电的回音

（原载《星星》诗刊2017年4期）

潜

当我准备下潜时
四周的水，突然间消失了
我被晾在众目睽睽之下

当我想抬起头时
有人却用力将我往水下按
怕我会跃龙门

在不断的挣扎中
我长出了鳃，长出了鳍
鱼儿生活在水中
不知道什么是潜
倒是那些游荡在陆地上的人
潜得很深，很深

潜在人群中，远比
潜在水中更需要本领和耐心
有的人潜了一辈子
浮出时已成鱼肚白的讣告

（原载《诗刊》2012 年 6 月号上半月）

倾　听

夜。深沉
一尊石膏玩偶在桌上走来走去
不料，一脚踩空……
多少年来，我一直在等待着
那一声触地的破碎……

可什么响动也没有
世界万籁俱寂
但那件摆设是千真万确掉下去了
在他曾经站立的地方
已换成了景泰蓝花瓶

旧的不去，新的不来
破碎，是铁定的
我猜想，只有一种可能：那就是
在掉落途中，已化为灰烬
有的事，因动静太大了
反而让我们都变成了聋子

（原载《诗刊》2014年4月上半月刊）

人非草木

绿衣女子，伏在青石上
哭谁？常青藤用叶片的手掌
轻抚着碑上的凹痕
是呵！人非草木
自然就不可能像草木一样痴情
她去了，一去不回
而常青藤就是在那一刻
爱上了替人守寡的石碑

（原载《诗刊》2014 年 4 月上半月刊）

听　静

从高谈阔论中逃出
我只想听听：静
听静必须全神贯注，集中精力
将耳朵竖成一根天线

静就是空，天空的空
静就是远，遥远的远
静就是无，无限的无
这时，你才能够感觉出静的强大
和强大的静……

其实，所有的响动
无一不在静的掌控中进行
静是庄严的
静是肃穆的
静是神圣的
庄严、肃穆、神圣的静更是可怕的
达摩就是从静中悟出了道
静，是天籁之音

听静就是听禅
只有能让整个世界安静下来的人
才能够从混沌中
听出——朗朗乾坤

（原载《绿风》诗刊 2016 年 1 期）

处　方

庚子年，爷爷卧床不起
郎中处方：一斤大米，两瓢清水
　　——熬

（原载《绿风》诗刊 2016 年 1 期）

马头琴

夜色茫茫
一匹马从月光中伸出头来
但不是贪吃夜草
而是呼唤远方
断断续续的弦歌，如泣如诉
使寂静的草原更加宽广

此时，不用看
你只需闭上眼睛倾听、冥想
一马当先，甩开四蹄
也甩开身段和时光
鬃毛飞扬的琴声风卷残云
在整个欧亚大陆回荡
成吉思汗的大军从远征中归来
卸下一身的战伤……

而有的人再也回不来了
苍凉吗？不全是苍凉
还有无尽的期盼和瞩望
提前归来的马头在等待身子跟上来

好重塑草原民族的形象……

（原载《延河》2016 年 3 期）

饕　餮

那汉子真够豪放的
直接从篝火通红的肋条上
划拉下一大块肉
戳在刀尖上，送入红口白牙中
油花"滋滋"地响

他一边大块朵颐
一边对着火光左右翻看
寻找另一处合适下口的地方
当肉，越来越小时
我看见：他在啃一把刀

（原载《延河》2016 年 3 期）

鹰

当一只鹰腾空而起
群山都矮了下去
天空，也因它的出现有了心跳
辽阔——更加辽阔
深远——更加深远

这冲霄一飞
让沉思的人猛然抬起头来
看天，也是看鹰
看鹰，也是看天
当云朵还来不及亮出利爪时
翅膀——云舒云卷

绕空三匝
掌控大地
但现在，它是那么的悠闲、自在
还不急于抛出闪电……

（原载《延河》2016年3期）

藏 獒

一座山包趴在草原上
一座寺庙趴在山包上
一只藏獒趴在寺庙的一角
冷冷地
像一件古老的法器
随时可能鸣响

藏獒是见过大世面的
这些随可汗远征过东亚的斗士
浑身没一块媚骨
谁看见一只藏獒嘻嘻哈哈过
它身上狗的成分很少
更多的是战士的刚强

即使主人从身边走过
也只是浅浅地打个招呼
那不一般的冷漠
是志士忧国忧民的那种冷漠
一位写《藏》的诗人
曾把"藏"字念成珍藏的藏

24

藏獒就是把火热的爱
珍藏在冷漠中，然后
用冷漠逼视着深不可测的草原
逼视着暗中的尖牙利齿

它不鸣则已一鸣惊人
铜质的音域，辽阔而又宽广
能赢得藏獒的一点好感
你的安全就有了保障
那是一种舍命相护的忠诚啊
无论面对虎豹还是豺狼
藏獒从不知道什么叫背叛
就像不知道什么叫畏惧

在玉树，如玉树临风
现在，藏獒精神抖擞地站起来了
我惊异地看见——
一尊神，隐身在蓬松的毛皮中
昼夜护卫着多难的草原

（原载《延河》2016 年 3 期）

站立的马

在奔驰的草原上
一匹马，静静地站在路旁
像睡觉一样

也许，它正在做梦
微风中，只见鬃毛飞扬
是梦见伯乐，还是
在等一声口哨吹响？

但我知道
站在那儿的不是一块石头
也不是木桩
一匹马，就算一动不动
也是奔驰的意象

（原载《延河》2016 年 3 期）

牛角号

夜宿草原
是什么挑开了无边的静寂
牛角号的"呜呜"声
是弯的
它不由分说地拐进窗棂
又拐进了我的耳廓

这长在牛头上的角
原本非常犀利
但最终，还是被人卸了下来
成为祭祀的法器
难怪我越听越觉得像牛
（是一群不是一只）
在苍茫中，集体哭泣

我听出来了，这号声
是灵魂向肉体布施
只不知这角能否倒过来
拐进牛的脑子

但，什么事情也没有发生
这号声只拐了个弯
便向夜深处，扬长而去

（原载《绿风》诗刊 2015 年 1 期）

西 凉

自从有人把祁连山的雪线
比作藤。就绊了我一跤
伸手摸摸长藤上结出的四个苦瓜
——敦煌、酒泉、张掖、武威
我顿时找不着北了

迷失在一个比喻中
就连呼吸，也叫倒抽一口凉气
这才知：西凉了
夜空中高悬的不是瀚海明月
而是，胡人的弯刀……

还真不知是谁入侵谁
度阴山的，也有汉家铁骑
这疆界原不存在
你的是我的，我的是你的
要是早知道最终都将卷入一张版图
又何必搞得狼烟四起

几千年了，西凉还是那么凉

祁连雪峰把一切全看在眼里

（原载《绿风》诗刊 2015 年 1 期）

鸟　殇

百花齐放
引出
百鸟争鸣
你要是看见哪朵花飞到空中不要尖叫
——嘘！

保护文化遗产
从保护一首与鸟有关的诗开始
上青天的白鹭
鸣翠柳的黄鹂
有时，我真想长出高飞的翅膀来
以鸟为师

但只是这么想了想
我胆怯，害怕长途迁徙
更怕飞进餐馆的盘子
在高高的罗霄山脉，有一群癞蛤蟆
在打天鹅的主意……

一盘热腾腾的野味上桌了

不由让我想到——
舞台上，赵青蛇一般柔软的身段
杨丽萍向孔雀借来的手指

（原载《绿风》诗刊 2014 年 3 期）

雪　颂

雪花盛开，洁白如夜
的牙齿，紧咬住一个字——冷
连动物都穿皮衣了
就该允许大地，用雪

加温——由零下一度
上升到零下二度、三度以上
并将白热的雪
锻打成冰
枝头上，红梅花儿开
朵朵都是溅起的火星

我都有点冒虚汗了
许是抓住了几片飘浮的象征
诗有时还真的能够御寒
且砍几节用来生火
为野地里无家可归的雪人热身
至于点得燃点不燃
那又是另外一回事了

（原载《绿风》诗刊2014年3期）

消　声

沉默得太久了
胸中憋着即将爆胎的压力
面对空旷的原野
我扯开嗓子，一声大吼
有多大劲，使多大劲

枝头的鸟儿惊飞了
水中的鱼儿吓沉了
就连草丛中的虫鸣也偃旗息鼓
水面，漾起层层涟漪

我被自己吓了一跳
待回头寻找时
偌大个世界，只有无边的寂静
大地像一块巨大的吸盘
将我的雷电消弭于无形

雁过留影
人过留名
那么大的动静怎么可能说没就没了呢

空余我傻立在空旷中

像一堆声音的渣子……

（原载《绿风》诗刊 2014 年 3 期）

都江堰廊桥

我老远就看见
一顶花轿，吹吹打打地摇晃着
不知是右岸嫁给左岸
还是左岸嫁给右岸……

而一江奔腾的浪花
从轿子中蹿出来
跨上鬃毛飞扬的快马绝尘而去了
空余下千年的感叹
至今，那轿子还横架在江上
成为都江堰的一道景观

我在廊桥上饮茶
就曾亲眼看见
一对又一对的新人正从桥上跨过
去把爱情的传说追赶……

（原载《草地》2017 年 3 期）

廊桥饮茶

在古堰廊桥饮茶
看李冰父子搅动一江野水
轻轻吹去杯中的浮沫
一条细小的支流
朝我的宝瓶口奔泻而去

这才知，江水很烫
让我吞也不是，吐也不是
只觉得满口漩涡
直下九曲回肠，在我的丹田中
化为一股浩然之气

在古堰廊桥饮茶
不叫饮，有被灌溉的清爽
通透我的全身
其实，我本是川西平原的一方土地
心田中，波光摇曳

（原载《成都商报》2016年9月25日　大型专场朗诵会："诗痴"
龙郁和他的朋友们。）

去米亚罗看红叶

何处红叶不迷人
但米亚罗的红叶红得陡峭
红得遥远
在成都擦亮一根火柴
经成灌高速，又都汶高速
辗转几百里山路
到米亚罗已万山红遍

况且，这红是有高度的
海拔 2000 米以上
轰轰烈烈的红叶已燃至冰点
所以，你不要担心
会被气焰烤焦
红到极致时，也冷到极致
但你一点也不觉得冷
哈一口气，热得冒烟

（原载《草地》2017 年 3 期）

二郎山的乌鸦

一支响亮的歌
曾洞穿了铁色的山岩和云朵
成为——二郎山隧道

而今，险阻已成往事
只有土生土长的乌鸦仍穿着丧服
在岩缝中
寻找着散落的音符

（原载《草地》2017 年 3 期）

自由的水

拧开水龙头
清亮的自来水便踊跃而出
一种开怀的释放
淋漓尽致

水本是自由的
但自来水并不自由
自从被强制压入地下管网
便左冲右突
不知绕过了多少弯
不知转过了多少拐
它急于挣脱
铁的束缚长夜的束缚

被囚禁是痛苦的
哪怕是一会儿
也是对自由的水的侮辱

习惯自由自在的水
习惯往低处流的水

为寻找自由不惜爬上高层建筑
一旦获释，便扬鬃而去

别问水流到哪儿去了
可载舟可覆舟的水无处不在
又岂止濯缨、濯足……

（原载《北方作家》2008 年 4 期）

十指连心

拇指是你，幺指是我
食指是一条路
送外地客人从彩虹桥通过

紧握你伸来的手
也被你紧握
我的五个指头倾巢出动
在你掌心播种友情
入秋后
别忘前来收获

摊开一掌阡陌
无名指上闪亮的紧箍咒
那是爱的约束

由左手到右手
十指连心
我用双手吃饭、穿衣、劳作
当掌声的鸟儿飞出时
声声都发自心窝

翻开爱的反面
我憎恨腐败，憎恨邪恶
面对真实的谎言
我攥紧双拳……
中指，是不轻易竖起来的
竖起来，会把天捅破

（原载《飞天》2010 年 2 月号上）

过　去

过去不是往事和昨天
只是时空的延续
尽管岁数朝前蹿了好大一截
拖鞋，仍留在原地

所谓过去挥之不去
比如尊严的丧失
儿时，我在沟壑前举步踟蹰
爷爷在身后鼓励：过去

原来过去就是眼前
过去了就是勇敢的孩子
假如，过不去
就只好留在九岁的彼岸哭泣

其实过去只是面对
是跨越前的准备
就因为我始终也迈不过一道坎
才沉陷于悲哀的记忆……

（原载《飞天》2010年2月号上）

一滴水

一滴落入砚台的水
被磨得昏天黑地
但从没有人将它与污浊联系
这黑是世上最干净的黑

墨饱饱地蘸上狼毫
那位长者气沉丹田，凝气运腕
在宣纸上龙飞凤舞
一片叫好声中
难得糊涂的水难得糊涂地
被人涂鸦成书法

水不习惯贪谁的功
沾谁的光。说声：我去也
便从墨渍中抽身而逃
不带走一点墨宝

条幅被高悬于中堂
而水早已不知去向

（原载《星星》诗刊 2009 年 7 期）

45

有一种嘴

有一种嘴
一张口就让世界为之变色

这张嘴
虽没有游说列国的伶牙俐齿
却能无阻地蛇行于大地

这张嘴
虽没有舌战群儒的不烂之舌
却能左右国民经济

这张嘴啊
开口闭口都是经济学的大道理
都是产值、利润
都是GDP

的确，一些人先富起来了
靠的就是这张嘴
它一开口
小河大河都相继晕过去了

鱼们虾们也晕过去了
鸟儿们也晕过去了

所谓祸从口出
祸害着我们的云朵和植被

这张泡沫四溅的嘴
这张吐词不清的嘴
这张让天地混混沌沌的臭嘴啊
——这个工业排污口

（原载《鹿鸣》2010 年 7 期）

一次性消费

因为太讲究卫生
人类越来越不洁身自好了
餐馆里，食客们
很熟练地从纸袋中抽出木筷
那动作颇像拔刀出鞘
锋芒直指我们的绿荫

听说富士山越来越美了
很受伤的，是我们的森林
我不懂进出口贸易
只惊叹国人的模仿本领
从一次性餐巾到饭盒
我误把挂着塑料袋的小树
当成打着绷带的病人……

可恼的一次性消费啊
禁而不止的"现代文明"

这个灯红酒绿的城市
越来越不把东西当东西了

酒足饭饱的食客们
又在动饱暖后不负责任的脑筋
——一次性消费
使暧昧的脸色愈发红润

（原载《鹿鸣》2010 年 7 期）

流浪猫狗

这些无家可归的猫狗
像一群落魄者
默默地浪迹在都市的街巷

但猫狗不会鸣冤叫屈
既然狠心的人类
不把它们的忠诚当一回事
就只好将责任和尊严
夹在尾巴下面
去流浪……

挨冻受饿是肯定的
垂头丧气是肯定的
蜷缩在墙角舔自己的伤痛
看世界，用眼角的余光

行走在僻街陋巷
流浪猫狗
无声地展览着世态炎凉

（原载《鹿鸣》2010 年 7 期）

烫手的山芋

既然你抛过来了
我就接着；不烫，我还不接呢
现在，我把烫手的山芋
由左手抛到右手
又由右手抛到左手
无论我倒腾多少个来回
都别指望我再抛出去

这抛来抛去既是掂量
也是降温、清理
抖去浮灰，露出焦黄香酥的外壳
掰开来，热腾腾，香气扑鼻

野火烧出来的山芋
是任何大厨烹饪不出的美食
让我始终搞不明白的是
为何被比作难题……
就算你把它说成是火炭或炸弹
我也敢连皮带肉吞而食之

（原载《上海诗人》2016 年 5 期）

半夜鸡叫

一只公鸡由乡下来到城市
不鸣则已，一鸣惊人
这半夜鸡叫，尖锐得像一把锥子
在梦的正面留下一道划痕

这挨千刀的瘟鸡
你真以为世人皆睡你独醒么
城里，有城里的规矩
那就是——噤声
要叫，你就到夜总会里叫去吧
这时的小区，需要宁静

叫声越长，寿命越短
不识时务的鸣叫，是噪音扰民
连小命都在劫难逃了
你还在关心唤醒世人
半夜，一声粗糙的鸡叫四处游走
让厨房里的菜刀动了杀心

（原载《上海诗人》2016 年 5 期）

飞花·移形换位

蝴蝶终于被花朵捉住了
春天，笑得花枝乱颤
不知它俩在暗中说了些什么
花朵又把蝴蝶给放走了……

其实，捉住蝴蝶的花
正是蝴蝶要找的那朵
你可知，在乱人眼的春色中
留下的是蝶，飞走的是花

（原载《上海诗人》2016 年 5 期）

用脚写诗

读万卷书，行万里路
古人用脚写诗
其实，哪里用得了走那么远
只需七步，足矣

与脚有关的诗
又岂止曹植
金銮殿，该算得上大雅之堂了
但，若要让李太白写诗
必先由杨贵妃研墨，高力士脱靴
让脚丫子舒适

难怪写作前
我总是在屋子里踱方步
像热锅上的蚂蚁
只有当脚步，踩到了点子上
才能触动灵感的契机

在初冬的雪原上
雪泥鸿爪，很富有诗意

而纸上行走，留下
深深浅浅的文字
那就是笔行经的脚板印啊
是思想的履历

不信，你闻闻书本
文字大多是酸的
当然，你也可以说那是油墨香
——印刷机的脚气

（原载《上海诗人》2016 年 5 期）

钻牛角尖

诗歌是金字塔的塔尖吗
就如枪尖上站不住脚
塔尖上也没有诗人的立足之地
所以，那么多骚人墨客
都曾纷纷落马
掉进了腥臊的淤泥……

明知是一条路走到黑
偏又要一条路走到底

这些逐臭的文人
舔了舔伤口又向塔尖爬去
我也不能免俗
像一只落单的蚂蚁
明明白白地钻进了牛角
前面的路，被我越走越窄了
也越走越尖利

既然钻了牛角尖
我就决不会再萌生退意

在黑暗中摸索的我
最终，也成了牛角的一部分
雄赳赳地昂起

迎着血红的落日和鞭影
那将是一次多么悲壮的祭礼
倘若折戟沉沙
我就倒过来，吹响自己

（原载《上海诗人》2009 年 4 期）

盐

仓颉造字自有道理
将"盐"字拆开
乃是人从土中取卤盛于皿器
但这解释不适合简体字
盐是繁体的颗粒

将繁体的盐简化
是否等同将一粒盐融于水里
融入一杯水，淡
融入一碗水，更淡
融入一缸水，非常淡
要是将其投入到一塘水中
盐也就无所谓盐了

但海永远是咸的
人也是咸的
当我把自己浸泡在折腾中
汗水，永远是咸的
泪水，永远是咸的

莫非人就是一粒
永远也化不开的繁体的盐
那还是简化吧
简化成，淡淡的哀愁
简化成，淡淡的欢喜

（原载《星星》诗刊 2013 年 8 期）

上部·本部分收录已发表的作品100首

59

大米与子弹

如果把大米比作子弹
都能致人死命

子弹给枪壮胆
大米给人撑腰

吃饱了饭的人
背着枪去行凶

背枪的人断了粮草
便只有死路一条

子弹可以杀死大米
大米也能杀死子弹

子弹的厉害在于——有的放矢
大米的可怕在于——无米下炊

（原载《鸭绿江》2008 年 5 期）

谎　言

别以为谎言都很丑恶
市场上的黑心棉
就包裹在精美的印花被套中

谎言大多很煽情
有时连撒谎者自己也信以为真
出自美人口
便沉鱼落雁了
出自壮士口
便力拔山兮了

谎言往往正气凛然
让你自以为是正义的化身
并为之撒野放泼
并为之耍刀弄棍
其实，谎言是私欲的润滑油
阴谋家轻易便瞒天过海了

谎言是望梅止渴
谎言是画饼充饥

小人物撒小谎
赚取些损人利己的小利
而大人物撒的则是弥天大谎
到头来，苦了天下苍生

记得小时候
曾读过一篇《狼来了》的课文
几十年转瞬就过去了
那个撒谎的女孩
如今该变为诚实的老妇了吧

（原载《鸭绿江》2008 年 5 期）

忏悔或认错

忏悔，也叫认错
漫长的一生谁能够没有过错
古贤云：
"知错能改善莫大焉"
牧师说：
"啊！迷途的羔羊……"

忏悔是勇者的事
懂得忏悔的人大多是好人
熊家婆不会向羊认错
黄鼠狼不会向鸡认错
而鞭子，决不会向皮肉认错
那些一错到底的东西
往往都一贯正确

主宽恕忏悔的人
人敬重认错的人
忏悔和认错
不是"坦白从宽，抗拒从严"
汉武帝一张罪己诏

并没有动摇他的宝座

（原载《鸭绿江》2008 年 5 期）

哆

好好爱这个字吧——哆
她靠在你的肩头
一撒一捺，足以使铁石心肠软化
不会撒娇的女人不是女人
——哆

说她是藤也好
说她是蛇也罢
反正，她这辈子是缠定你了
花一样在你面前展开
灵魂，一丝不挂

把最美的音色给你
你懂女人的音律吗
把最傻的样儿给你
你懂异性的娇憨吗
那个女强人剥下法官的黑袍
俨然一个小小的甜瓜

男人有时活得很累

冷不防，她轻轻嗲你一下
所有的不快一扫而空
失去的斗志重新焕发
看世界，仍然是那么的美好
骨朵的小嘴一噘，嗲
叶片的眼睛一眨，嗲

即便她使小性子
你也千万别身在福中不知福呀
当她嗲声嗲气地唤你时
迷途的野心就准时回家

（原载《星星》诗刊2013年8期）

石头，石头

石头中炸出的泼猴
曾闹翻了天宫

躲进石头的魔鬼
自以为获得了永恒

墓碑是石头的书
江河是石头的床
传说，精美的石头会唱歌
而丑恶的石头
则肯定会兴风作浪
一粒小小的石子
也会飞起来咬人

石头立起来是大山
石头躺下去是广场
与石头对视
我看见它长出了鼻子眼睛
伸出了腿脚和爪子

在容易滑坡的国度
石头当道一立
马力巨大的集装箱卡车
便举步维艰了

（原载《星星》诗刊 2007 年 9 月号）

手 语

谁能参透莲座上的手语
掐指一算
算天算地算世间万物算王朝兴衰

扳着指头数数
去掉一根还剩九根
一根指头可以是春种一粒粟
也可以是一千一万一亿
连扳几下
这世界就所剩无几了……

闲暇时，将双手拳起来
第十一根指头
在裤兜中获得了最大自由

（原载《星星》诗刊 2007 年 9 月号）

最后的火柴

而今，已很少见到
头顶一团红磷的小小木棍
那瘦瘦的样子
像极了小民百姓

他们虽有点火气
但大多安全
决不会闹腾出过火的事情
就那么"吱"的一声
逼退黑暗和寒冷

在时间的长河中
人的生命
就如一根火柴燃烧的过程
也有轰轰烈烈的时候
但你不知道
谁是那要命的一根……

其实，最后燎原的
并不是火柴本身

而是诱发火灾的高危环境
——煤气泄漏
瓦斯超标
到处都是加油站的身影
老板们干劲冲天
为赚取最大的利润

这是易燃易爆的年代
幸亏我们的脾气已经受潮
很难再碰出火星……

（原载《上海诗人》2009 年 4 期）

路过草堂

每当我路过草堂
都要停下来看看杜甫的塑像
看看诗歌当下的
站
姿

你与常人一般无二
只是站得更高
几千年的秋风萦绕在衣冠上
还有多少心事未了
你仿佛刚从民间归来
衣带飘飘……

小时候看你是这样
长大后看你是这样
而今，我已和你差不多岁数了
诗却永远也不会衰老

其实，没人见过你
高矮胖瘦对你并不重要

重要的是一身傲骨
每块的含钙量很高
因为诗歌，每当我路过草堂
不由自主地挺了挺腰

（原载《草堂诗刊》2017 年 4 期）

清水书法

一

草堂外的青石板路面
斯文扫地——
不是用扫帚，是用清水和笔
原本干干净净的广场
一扫，就扫出了许多汉字
路面，因此更光洁了
可以走圣贤——
李白、杜甫，陆游后再清照
"满江红"洒满路面……

二

与浓墨重彩相反
我偏爱清淡
晨辉中，好个"清泉石上流"
一笔浣花溪，步上堤岸

再盖上印——脚板印
怀素的影子，倏忽一现

三

有谁能告诉我
一笔河水中蕴藏着多少诗篇
显然，他已不满足于
在尺牍上炫技
所谓大手笔，就是以大地当宣纸
写我胸中的大好河山

四

以无写有，以有写无
这一笔一画，如羚羊挂角
只需作片刻展览
你若想请一幅字回家，悬于中堂
非得用阳光的金币去换
一阵清风将文字从地上揭起来
收入云中长卷

（原载《草堂诗刊》2017 年 4 期）

相对而行和背道而驰

在冷清的山路上
一个人影，远远地朝我走来

因为他的出现
这条山路，不再孤单
因为我的注视
这条山路，迅速缩短

相对而行的人
也算是缘吧
当我们之间的距离逐渐靠近时
迎来的是擦肩而过
他的脚，走向我的背后
我的腿，迈向他的反面

都没有停下的意思
也没有握手寒暄
这才知：相对而行原来是背道而驰
一开始就出现了误判

明摆着的是：一条陌路

两个路人，正渐行渐远……

（原载《草堂诗刊》2017 年 4 期）

阳台上的热土

面对一捧热土
不敢流泪
我是一个被故乡遗弃的孩子
故乡，不要我了……

就剩下这一捧热土
是我安葬完最后一位亲人
带回的故乡的骨殖
我将它安放在精美的花盆中
让饥寒交迫的故土
在阳台上，休养生息

看见这一捧故土
也就看见了故乡先前的样子
看见了满坝的稻谷、玉米
看见了竹林、瓦屋
以及姓氏的根系……

生我养我的热土啊
就让我来照料你

从此，再没有谁敢伤害你了
只要不涝着、旱着
乡情的长势就葱葱郁郁

（原载《诗潮》2016 年第 2 期）

绿指甲

一夜风雨。含苞
凤仙花开得艳丽而多汁
早醒的妹妹
你盼的就是这蔻丹色的黎明吗
细细地摘下来，捣碎
像敷伤口一样敷在指甲上
噘着嘴唇，轻轻地吹

我小声问：疼吗
不，这回不是
山乡的指甲，天生就懂得爱美
你追着红嘴巴的鸟儿
满世界飞……
待会儿，还得上山去打猪草
我绿指甲的小妹哟
总算开心地红了一回

（原载《诗潮》2016 年第 2 期）

灯芯草

剥下一袭青衫
灯芯草就成一根灯芯了
柔若无骨

但只要一入油盏
它立刻盘成一条小白蛇
火红的信子
吞吐着青光……

自从电线进村后
它又潜回了水边
并为游子
照亮回望乡路的眼睛

透过灯芯草
我打量云里雾里的故乡
粗看，那么细
细看，那么粗

（原载《诗潮》2016 年第 2 期）

光脚丫的草堆

那一背冒尖尖的青草
在我的回望中移动
上坡下坎，在窄窄的田埂上
停下。好像是走不动了

面对一道小沟
草堆一耸，险些儿跌倒
我看见草堆的光脚丫
十个指头紧咬住山道

总算到家了
草堆如释重负地往地下一跺
那个背靠草堆的小女孩
像从草中掉下的一条丝瓜
那么清瘦、弱小

大大的草堆小小的女孩
她就是我现在的妻呀
由乡下的小路走进都市的大道
她又背起背篓一样的家

里面有我的诗草……

此刻，我小草样的妻子
在睡梦中翻了个身
不知是否卸下了童年的记忆
和那一背如山的青草

（原载《朔方》2010 年 9 月号）

干旱·懊悔之重

甚至不肯掉一滴　泪
水。仅够润湿干涩的眸光
俯身在干裂的田间
老农用脊背为禾苗遮阳

其实，那是在跪地
在祈祷上苍
我们欠大自然的实在是太多了
——填塘造地，毁林垦荒
那些搬掉的土石
全垒到了自个儿头上

只因你不把水当水看
水也不把你当人看
再不敢说与天斗与地斗与人斗的话
也不把虚劲挂在嘴上
伤透了心的大地从深井中
挤出最后一滴乳浆……

捧着这比命贵的　水

泪，终于溢出干旱的眼眶

（原载《山西文学》2012 年 12 期）

杏儿熟了

杏儿是早熟的果子
穷人的孩子早当家
只因趴在唐朝的墙头看了看
从此便落下了
"红杏出墙"的佳话

杏儿不像枝头的柑橘
刚才还铁青着面皮
说红就莫名其妙地通体红透
那一瓣一瓣的心事
是不是显得有点驳杂

杏儿即便是熟透了
也不会甜腻得发傻
那一面青、一面红的色泽
既是阳光的馈赠
又是阴风的抹煞……

生在青黄不接的季节
杏儿的心酸不说也罢

有些话皮，一剥开
就会尖酸得让你满地找牙

（原载《泉州文艺》2010 年 10 期）

惨叫的蝴蝶

在遥远的异乡
我听见了一声蝴蝶的惨叫
像疼痛那么宽广

这惨叫声
震聋了所有人的耳朵
像沉默那么响亮
一个女知青，用贞操换取一张回城的路条
能不撕心裂肺地绝望

我看见这惨叫
紧紧地咬住一个时代的创伤
再不肯松口，再不肯原谅

一个小女子的命
单薄得像一只蝴蝶的翅膀
那惨叫声
一直传到 30 年后的今夜
点燃了我健忘的诗行

（原载《青年作家》2013 年 8 期）

又见马齿苋

已经走出好远了
我仍想着一瞥而过的马齿苋
草本植物：茎细、叶圆
味：微酸……

我不能忘本呀
说什么也得再见见老朋友
就像当年觅它一样
我原路返回，拨草寻根
胃酸，眼也有些酸了

所谓命悬一线
指的就是一茎草的长度吧
草贱，命自然也贱
相携去饥饿城兜了一圈后
又重返人间……

可马齿苋躲进草中
只求不再被人采摘
不需要谁报恩

原本就是一种寻常的野草
只因能果腹就成了菜

（原载《朔方》2010 年 9 月号）

浅塘夜话

志在江河的红鲤
早已趁日前的夜雨越堰而去
水塘中只剩下一些
小摆摆……

这些池中之物
悠哉，游哉
在泥塘中混为一谈地开怀
水深水浅是天的事
快不快乐是我的事
它们与藕为邻
看莲花儿落莲花儿开

活在别人的浅显中
一些小东西
感到窒息正一步步逼来
直到，池水渐干
它才发现自己原来是一尾鱼
混迹在泥鳅的世界

最终，白眼望青天
鱼至死也不理解
泥鳅对淤泥情有独钟的喜爱

（原载《秋水》诗刊 2013 年夏季号）

竹篮打水

那位挎着竹篮的少妇
去到河边，打水
满篮子疲惫的衣服和被单
需要水的浸润

洗衣的过程
是不是有点像脱胎换骨
省略掉一些暮气
再增添一些曙色
一旁，空空如也的竹篮
张网以待……

一条摇头摆尾的清波
提着比来时沉得多的衣物
将水打回了家

（原载《朔方》2010 年 9 月号）

倒　影

我来到平静的湖边
水中也立即闪现出一个影子
它监视着我的一举一动
以为我也是它的倒影

也许，在它看来
我的世界是一个颠倒的世界
人是在倒着行走
树枝是根，花和果子
是结出的块茎
而太阳也不是高高升起
是掉进了蓝天白云……

我刚弯下腰
它立刻就识破了我的动机
并以同样快的速度
投石击破水中天
啊！一种同归于尽的感觉
叫我眩晕

与倒影对视
我好像也变得不实在起来了
一切都弄颠倒了吗
真与假、对与错、是与非
对于我们肯定的东西
是否会遭到倒影否定

就当是互为影子
就当是互为印证
即便在人世
相互对立的事物也不比水中少
唯一的办法是隐去
但我知道倒影并未走远
它在水的另一面
时刻保持着高度警惕

（原载《太湖》2011年第1期）

鹅卵石

鹅卵与石。是谁
将最不该组合的组合到一起
这绝不等同于——
树叶躲进树叶中
浪花藏进浪花里

把鹅卵投入石中
其结果无疑是——以卵击石
一个形容词，道出了
最强者与最弱者的区别

可那些呆头呆脑的鹅
偏偏要把卵产在乱石滩上
让你分辨不出
是鹅卵像石，还是石像鹅卵
路过河边的人都惊叫
鹅卵。石。鹅卵石

闪电蜷伏在蛋壳中
生命隐藏在石头里

没有人知道悲剧是否已经发生
词与词，也还算相安无事

都几千年了
石头炸开的事情不时发生
破蛋壳却不多见
也许，那些河滩上散步的鹅们
原本就是石头的孩子

（原载《太湖》2011 年第 1 期）

渡

写下这个字，就有望了
——渡
它的全部意义都在此岸和彼岸之间
由病痛到康复
　　由灾难到平安
　　　　由贫困到富裕
　　　　　　由饥寒到饱暖……

渡，就是自断后路
由今天到明天
没有谁，能够再返回到从前
你所经受的磨砺
又岂止是浊浪滔滔的一条江河
只不知，谁是那船

渡——许是一根稻草
渡——许是一块木板
它更可能只是达摩脚下那一苇
即或什么也不是
你自己就是自己的篙竿

98

但肯定有一种力量
支撑你的信念
是佛、是仙、是祖上的阴德
也或是别人的一句美言

渡过去就万事大吉了
即使渡不过也算是一种渡啊
只要努了力就不用遗憾

从高处纵身一跃是渡
被人一剑封喉是渡
由阳间到阴间也是渡——超度
念经的和尚，送你登程
灵魂，化作一缕轻烟

（原载《星星》诗刊 2013 年 8 期）

塘　鱼

一条鱼想回到水塘
不料，一蹦，落在了水泥地上
它拼命地挣扎
那样子，就像一个溺水的人
想重新回到陆地

——这是在水产市场
鱼用尽力气想再回到桶中
桶虽小，毕竟是一汪水
就像住在出租房中的卖鱼人
房子再小，也是家呀

这条浅水中长大的鱼
压根儿就不知道还有别的水域
它把水塘当成天堂
但跃龙门的本能与生俱来
然而，那致命的一跳
如果真的落进了江河或海洋
塘鱼会被淹死吗？结果
可能与落在水泥地上无二

一条重新回到桶中的鱼
静静地待在水中，不敢再作他想
就像卖鱼人，如鱼得水地
在桶内桶外穷忙……

（原载《厦门文学》2012年3期）

看大江的方式

大江总是在低处
震慑你的灵魂
所谓滔天巨浪指的是从高处来
又向更低处流去

所以不必仰视
大江从不凌驾于人们的视力
当然，你若眼高于顶
就只得把腰一躬到底

垂首看大江
没有谁敢说鸟瞰或俯视的话
杨升庵一阕《临江仙》
看进了大江的骨子
惹得江河水一蹦八丈高
又回落到圣贤的杯里

在杯中看大江
沉舟覆舟的话就不用再提了
若你只取一勺，便能

古今多少事都付笑谈中

（原载《太湖》2011 年第 1 期）

面对一盆清水

原本清花亮色
真不忍弄碎
晨光。鸟啼。轻风。花影
这水淋淋的日子
亦幻亦真

在一盆清水面前
一切秽物都无处遁形
所谓浣洗
我才知道自己原来并不干净
不是水脏了
脏的是自身

在清水的洗涤下
我们焕然一新
然后，又走进喧嚣的生活中
再一次把自己弄污
莫非这光怪陆离的世界
原本就不洁净

就算人是泥土做的
带有原罪的混沌
但清水冲刷下来的垢物中
又有多少泥土成分
而我们所干的每一件事
是否都无愧于心……

所以，必须每天清洗
必须埋下头来
面对清水，面对一面明镜

（原载《太湖》2011 年第 1 期）

打水漂

鹅毛只能在水上漂
石片却可以奔跑
儿时，我最喜欢在湖面上
同小伙伴们比赛腕力

石片贴着水面
蜻蜓点水似的向远处掠去
每次触水后蹦起来
都会溅开美丽的涟漪
就是这一串圆圈
串起我早年的记忆

石片虽难以登萍渡水
但我们还是兴味盎然
就是现在　临水
照样能引发早年的童趣

人生，远不止我一人
喜欢玩这种把戏
虽然各种努力大多都打了水漂

人们仍旧乐此不疲

用石片打水漂
肯定与钱币打水漂不同
一个有目的
一个没目的
但石片和钱币的结果无二
最终都只能沉到水底

（原载《扬子江》诗刊 2010 年 4 期）

网中吟

一张凌空撒下的大网，
要把江河一网打尽。

我看到的是漏洞百出，
水在网眼中自由通行。

莫非是水与网合谋，
出卖了鱼们、虾们？

没有鳍的水算什么水，
捞走的是江河的精灵。

而今，网眼越织越小，
虾蟹磨快了匕首和剪刀。

只有两种结果——
不是鱼死，就是网破。

（原载《扬子江》诗刊 2010 年 4 期）

远　水

远水。近在咫尺
只要你够不着，它就是天涯
一叶朝发白帝的轻舟
转瞬就千里之外了……

可当你绝望时
远水，又趁夜色席卷回来
浸湿你梦的枕头
但那只是远水的足迹
证明它曾经来过
一条一生都在逐水的鱼儿啊
最终，渴死在水里

远水是银河的星星
远水是枝头的梅子
一杯水，端在手中很近、很近
只要泼出就永远收不回了

（原载《扬子江》诗刊 2010 年 4 期）

我的身体里装满了痛

不慎将指头拉了道口子
随鲜血涌出的还有大量的痛
我用一块创可贴
止血；也想顺势把疼痛关起来
可它却想越狱、暴动

在咬紧牙关的同时
我蓦然发现——
原来，我身体中藏了那么多痛
小口子，小痛
大口子，大痛
在血液流经的每个偏远角落
都有痛蛰伏其中
即便没有口子，只是砸了一下
也会痛得瘀青、红肿

不必揭开伤疤验证
再弄出个窟窿
有的疼痛，原本只是暗疾和内伤
比如：失恋、丧亲、国耻

件件都会让人痛彻肺腑

啊！我小小的身体中
疼痛，竟然如此辽阔，如此深重
我好容易才将风暴平息下来
请不要轻易去触碰……

（原载《四川文学》2015 年 6 月期）

扫面子

太扫面子了！被老同学碰见
她在黎明的大街上扫城市的面子
人们管她们叫环卫工人
并不在意本身的名字
但老同学知道她叫：汪连芳
当年，曾是班上的尖子
但又能怎样？"文革"、下乡
进厂、下岗，她被扫了太多的面子
一个命运的弃儿，离异后
又肩起了养育儿女的担子

反正，早就斯文扫地了
凭劳动吃饭，也算是自食其力
城市离不开扫帚，准确地说
离不开她的是城市的面子
只是，进不了公司和机关的内部
权限到大门口为止
每天，她总是提前走出国人的梦乡
用扫帚荡开雾霾，扫面子……

（原载《四川文学》2015 年 6 月期）

如鲠在喉

不吐不快。你以为想吐就能够吐吗
别忘了那带刺的偏旁：鱼
一切都因为你贪吃，小瞧它了
才被鱼藏剑，一剑封喉

不吐不快，其实是不得不吐
一夫当关万夫莫开的关隘已遭奇兵偷袭
它占据咽喉要道，切断归路
心腹之地的屏障全然丧失
就算胸藏百万雄兵，也派不上用场啊
你痛失街亭，咳出泪、咳出血
快不要吐了！就如人生的许多逆耳忠言
最好还是吞进肚子⋯⋯

（原载《四川文学》2015年6月期）

银杏风韵

树龄不大，但辈分很高
从古时走来，渊源流长
在蜀都，遍布大街小巷的银杏树
亭亭玉立，着古装

就那么迎风一站
省略掉季节的繁花缛节和夸张
由春而夏，萧瑟的秋风中
摘下玛瑙耳坠，秋开始卸妆
别的树落叶，叫憔悴
而你的憔悴叫——黄
玉色蝶儿纷飞，东施永远不明白
为什么她落叶都那么漂亮

（原载《四川文学》2015 年 6 月期）

蓝花花

花篮的花儿香
香是有毒的
在医院，在重症监护病房
面对来日无多的他
你只能把枯萎说成开放

斜靠着最后的谎言
花。只是陪葬
其实他早就嗅到死亡的气息了
曲流、塔影、夕阳
而蓝花花是他一生的病
到眼前，已病入膏肓……

（原载《四川文学》2015年6月期）

羊的蔑视

一只羊，一只东山麻羊
在草丛中埋头苦干
口中念念有吃
当我昂首从它的近旁走过时
它，抬头看了我一眼
（就一眼）又埋下头去
也许，在它看来
我的存在，远不及一棵草重要
就像60年代的我，觉得
一粒米，重于任何道理

可它，不过是只羊
而我是人，比它高贵百倍
烦躁时可以踢它一脚
撵得它满山遍野乱窜
冬至时，我甚至可能吃它的肉
剥它的皮……

但又能怎样呢
必须承认：别说是一介草民

就算你是天王老子
也无法禁止一只羊的蔑视

（原载《四川文学》2015 年 6 月期）

117

牧羊犬

其实，不仅是牧羊
而是用一群羊拴住一条狗
若没有这联系
牧羊犬也便失去了狗的价值
只有四处流浪

狗只要跟着羊走
就不会迷失方向
有时，狗也会走一会儿神
但只要羊一咩
责任感立刻就会竖起警惕的尾巴
迅速回到羊的身旁

牧羊犬，牧羊也牧犬
那位被赶出羊群的牧羊人明白
是羊，练大了犬的胆
羊和犬也把我们牧放
要检验一条牧羊犬的能耐
还得看羊……

（原载《四川文学》2015年6月期）

弃如敝屣

我更愿相信，是你不想跟进了
停下来，让脚板自己走去
既然它喜新厌旧，你当然也可以
毫不留恋地将它抛弃
如释重负的鞋仰面朝天躺下
亮出被大路小路磨蚀的鞋底
是啊！一辈子都被死死地踩在脚下
现在，总算是翻身解放了
这让人觉得：只要它想继续走
甚至可以在蓝天白云上留下足迹
可问题是，另一只鞋不见了
历来是夫唱妇随，相依为命
失落就是天涯，一只鞋
因找不到另一只鞋而形单影只

（原载《四川文学》2015年6月期）

119

胆结石

是玩弹弓时
留在口袋里的小土坷垃
还是下河游泳时
带上来的一粒沙子
要不，就是有人在我身上投石问路
种下了罂粟

反正，我是遭暗算了
既然是石子，就长于声东击西
由胃到肩到背到全身
四处煽风点火，发动攻击
而间谍却藏在胆囊中
硬是使国家那么大一个活人
辗转反侧，冷汗淋漓

这时，我才知道
无论是贼胆包天还是色胆包天
都包不了一粒小小的异己
管它是女娲补天的土
也或是精卫填海的石

120

隐患必须清除
而挨刀的，却只能是你自己

（原载《星星》诗刊 2012 年 12 月号）

也说针灸

我知道自己病了。病因
在医生的听诊器里
处方，就是把你自己的问题
如实地——说给你听

至于如何打入内部
那是又一门学问
可良药苦口，经九曲回肠
自然也能另辟蹊径
这时，就轮到针大显身手了
既不是专门挑刺的针
也非锦上添花的针……

其实，针无媚骨
尤其是那种认穴奇准的银针
它熟知你体内的通道
哪儿是村落、驿站、集镇
它是专奔和谐而去的
解决赌气、内讧、纠纷

这时，你千万不要护痛
一针下去，说不准
还真能扎出隐蔽的贪官污吏来
息了沸怨的民情……
别慌，我只是打了个比方
而你却不能讳疾忌医

（原载《星星》诗刊 2012 年 12 月号）

把路从森林中赶出去

"路，是人走出来的"
这话颇像呈堂供述
植物和动物在丛林中自由生存
没有路，也行动自如
自从人走进去以后
就乱了秩序，乱了章法
所谓路，换言之，是践踏的代名词
履带的蜈蚣向前拱动
刀砍斧劈，电锯行凶……

树倒。猢狲也就散了
路，剑一般直刺进森林的肺腑
其实，这是人类在自戕
诺尔尼诺使雾霾弥漫，气候变暖
山洪泛滥，水土流失严重……
现在，是收复失地的时候了
封山后，横生的枝叶正一寸一寸地
把路从森林中赶出……

（原载《成都商报》2016 年 9 月 25 日　大型专场朗诵会："诗痴"
龙郁和他的朋友们。）

124

鼓面上的跳蚤

一只跳蚤落在鼓面上
弄不出多大动静
倘若从十八层高楼上纵身一跃
是否会溅起一点涟漪

直端端落入鼓中
才知道轰轰烈烈与空空洞洞
之间的辩证关系
做一天和尚撞一天钟
凡人不解其中的真谛

意外每天都在发生
日子仍在继续……
随它东南西北风从耳边刮过
都无法动摇廊柱的根基
那响个不停的风铃
越听越像弱女子在哭泣

禅说：水无裂痕
云朵已弥合了云朵的缝隙

（正因为太惊天动地了

你才只听到万籁俱寂）

既然蝴蝶的翅膀能掀起一场风暴

跳蚤也会化作鼓面上的霹雳

（原载《青年作家》2013 年 8 期）

听 雷

今夜，风雨交加
耳廓中全是破罐子破摔的雷声
满天飞舞的砖头瓦块
让人想到利比亚、阿富汗
想到残酷的战争……

虽然战事离我们很远
又仿佛就在窗外
雷，从来是把亮话说在前面
闪电先于雷鸣
那些不存在的楼宇正成片坍塌
仿佛灾难正在发生

耳听为虚吗，这警告
绝非在虚张声势
害怕的应该是那些贪赃枉法的奸佞
身边的妻子正酣然入睡
——雷不惊醒梦中人
而世界，仍完好无损

（原载《新大陆》诗刊 2012 年 129 期）

127

伫　立

能让奔波一生的双腿
停下来，总有它的道理
凭不凭栏都一样
首先，你得站稳自己的立场
再深纳一口天地之气

只有当你心平气和
才能把四围风光尽收眼底
停下来，也并非因为
我想在雪地留下脚印
这条路，早被人踩过千万遍了
没有谁称得上是第一

其实，仅仅是因为累了
我才不得不停下步履
随便看看、听听，然后想想
为了不让身体飞起来
我才将双手交叉在胸前
死死地抱住自己……

（原载《新大陆》诗刊 2012 年 130 期）

残缺美

刚写下这个标题
圆圆的月亮就掉了一角
好好一个月
有大半时间是残缺的

我们就是由这缺口
走进月华里——
哦！一匹光洁舒展的绸缎
只有剪破，才能成衣
而时装，一穿就旧了
但每一天，都是新的

花瓶，怀抱裂纹
果园，暗伏虫眼
美，就是在这种残缺中
不断更新自己
维纳斯风情万种地在我们眼中
藏起了自己的手臂

（原载《新大陆》诗刊 2012 年 130 期）

剥鸡蛋

已经很精致了
光滑，椭圆
在她十指间轻轻滚动着的
是一枚煮熟的鸡蛋

由鸡蛋看向指头
掌心、臂弯
啊，她的短袖睡衣款式新颖
镶嵌有美丽的蕾丝花边
我的联想宛如出浴的莲蓬
水花四溅……

说时，天光放亮，晨风
将她和蛋递到我面前
这是一个多么完美的整体呀
洁白、细腻、性感

（原载菲律宾《商报》中国作家作品选粹 228 期）

向日葵

不识相的笔，不要
提起梵高的耳朵四处晃荡
我想到的是牙齿
是磕磕碰碰的声音
往事在瓷盘中堆成小山
你抓瓜子的手
像是在扒别人的祖坟

向日葵天生向阳
露牙并露出牙龈
本来出身贫寒
经大师的手一摸就身价万倍了
其实，那个老头儿
生前是百分之百的穷人

低垂着头，掩面哭泣
向日葵不敢相忘知遇之恩

（原载《青年作家》2011 年 6 月号）

纸包火

夜色中，我看见一张纸包住火，
幽幽地亮着。没有做过亏心事的人，
也怕鬼来敲门。
由暗夜的三尺微光，联想到，
谎言在不断地重复中成为真理时，
纸，果真包住了火。
这纸堪比宫墙，但再高的墙，
也只是用来给刺客翻越的。
里面的人，终日提心吊胆地防范着入侵。
形而上的纸很厚，
形而下的墙很薄。
无论风还要被气死多少次，
纸糊的灯笼，肯定一戳就破。

（原载《青年作家》2011 年 6 月号）

路灯下的树

你的生活中没有黑夜
白昼过后，又是灿烂的华灯
树茫然无措地打量四周
所有的绿色都不知所踪
恋歌早就远远地绕着它走开了
鸟儿也不愿投入它的庇荫

一棵树暴露在夜色中
或者说，是落入了光明的陷阱
日出而作日落而歇的规律
就这样被人为地篡改了
被孤立在照耀中，它不知道
该光合作用，或吐故纳新

原来鹤立鸡群那么悲哀
它只是作为光的陪衬
这时，它才明白：没有夜晚
和没有白天同样不堪忍受
它真想一头栽进夜的温馨中去
无奈，生命已被光圈锁定

一个失眠症患者，醒着
并亲眼目睹，生命滴答地耗损
再充盈的池塘也经不住
一个漏洞的肆意挥霍呀
而光照过后，又是漫长的日照
一棵树，在黎明时萎靡不振

（原载《青年作家》2014 年 9 期）

妻子——纸

你说，你想变成纸
让我在上面写满美丽的诗句
是我冷落了你吗
我的妻，真的很对不起

纸？妻子——纸
你就不怕我在上面乱画么
每当灵感汹涌而出时
我下笔潦草而又迅速
所谓否定之否定就是写了又涂
可不像你对镜描眉
还有逗逗点点的雀斑飞来
在你白净的脸上啄食……

吓着你了吗？我的妻
自从你说想变成纸
我的笔就不敢在上面乱戳了
为了展示你美丽的含蓄
我把寓意深埋在诗中
并为你佩戴意象的珠玑

做诗人的纸，太委屈你
尽管年龄贫富不是问题
可我早已远离浪漫的风花雪月了
正面、反面都写满严肃
你知道我被思想搞得很苦
诗中处处是时代的胎记

做诗人的妻，太不容易
提笔又什么都忘了，包括你
——忘情在爱的包容中
你是纸，将我一卷了之

（原载《厦门文学》2011 年第 3 期）

绾毛线

真想再与之对坐
我用双手将一圈毛线绷开
任由妈妈理出线头
绾毛线……

固定在一张小凳上
我的野性儿
就这样被一寸一寸地收拢
妈妈不声不响地
专注于手中越绾越大的线团
一颗拳拳之心
滚动在母亲胸前

细细地端详那张
曾漂亮得让我自豪的五官
因操持一家的温饱
已隐现出的疲倦……
偶尔，妈妈抬头一笑
那笑慈祥得胜过温暖的毛衣
覆盖着我们的童年……

一根长长的毛线
系于母子之间
真想将那团毛线再倒着绾回来
将已故的——母亲
重新拉回到我们身边

（原载《厦门文学》2011 年第 3 期）

最后的温柔

她把头靠在老伴胸前
满头白发在燃烧
一颗男子汉饱经沧桑的心
被煨成了软软的红苕

在生命的最后时刻
不是拥抱的拥抱
让久违了几十年的少年感觉
又蹒跚着回到胸前
像在重温飞逝的岁月
又听见了彼此的心跳

曾几何时啊
一对年轻夫妻转瞬就老了
开始是孔雀东南飞
继后为儿女操劳……
只有此时，才是属于他们的
爱的回光返照
让过上过下的青年男女
全都敬慕地放轻脚步

唯恐惊扰了二老……

在医院候诊的长廊
一位沉默的长者
用指头轻轻梳理着老伴的白发
仿佛在拨弄生命的火苗

（原载《乾坤》诗刊 2013 年 8 期）

豌豆花

不用去田间地头
只需默一默
那些白色的、紫色的豌豆花
就会带着我的童年去飞

而我的诗
远没有豌豆花精致细密
彩蝶们在花中翻飞
比赛哪朵豌豆花更像豌豆花
哪朵豌豆花更有灵气

春天的灵魂出窍
时间的游丝
几个小豆豆驾一艘潜水艇
在时光中穿行
而穿布衣的豌豆公主
在叶片上欲滴未滴

艺术高高在上
不知能否开得比豌豆花更低

诗人们正与自己较劲
看谁把诗写得更不像诗

（原载《秋水诗刊》144 期）

风从左边吹来

风从左边吹来
脖子上的围巾向右边飘去
但我，偏不顺从
而是把身子向左倾斜
用瘦削的肩头
硬扛住看不见的压力

这是我的一贯风格
若是逆来顺受
肯定早就被推到右边的沟里
所以，我走路时
肩头总是右高左低

与之相反的是
一路上，我总是向右看齐
那是便于用左耳倾听
可有贼风偷袭
几十年一路走来，之所以没倒
就是随时准备调整姿势

（原载《华语诗刊》2016年4期"名家在线"）

积　木

童年的积木
是锯齿下的边角余料
从木屑的细雨中
抬起头来——
积木已变成了眼前的方块字
我用它垒砌早年的梦
一不小心
碰翻了多米诺骨牌

（原载《华语诗刊》2016 年 4 期"名家在线"）

鸟　巢

看似简单的事
有时人真得向动物讨教
比如筑巢
人就远不如鸟

无所谓违章建筑
随处都是枝条
不过，只有茂盛的林子
才能够结出鸟巢
那绿荫中飞进飞出的果子
欢快地鸣叫……

把家安在空中真好
风能来雨能来总统不能进来
没得到主人允许
这儿就是永固的城堡

下辈子不做人了吗
为购买一套房子终身操劳
倘若遇上拆迁

145

搬不完零七碎八的烦恼

雀跃不一定是欢呼
别提覆巢之下安有完卵了
鸟儿是没有国界的
一对翅膀，远比天高

（原载《葡萄园》诗刊 2010 年秋季号）

风 赋

生命在于运动
动则生风
有风世界就不会暮气重重

风，无形无相
但随处都留有它的行踪
那飘扬的旗帜是风
那翱翔的鹰翅是风
风喜欢在林木茂盛的地方筑巢
每当风出巡
总有绿叶前呼后拥

因此，风讨厌荒芜
毁林便是伤风
瞧，北京城又刮起沙尘暴
飞檐上铃声急促
滚滚黄尘蔽日遮空
那是风在把老底子翻给你看
要你知道事态的严重

147

披一领宽松的大氅
风出没在南北西东
只是千万别惹恼这位绅士
要是它一发怒啊
世界便会轻得像这一页稿纸
我岂敢用笔尖
触动狂风、飓风、旋风……

严冬，是风吹来的
阳春也是风吹来的
其实，风大多时候都很随和
——风流、风度、风采
都是源于风的吹送
所谓风骨，就是指一口气
风争的是这口气
人争的也是这口气呀

(原载《葡萄园》诗刊 2009 年秋季号)

现代聊斋

在静夜翻一本聊斋
书中的鬼们都有七情六欲
不仅温文尔雅
而且通情达理
反倒是暗中出没的人
都带有森森的鬼气

都市的夜晚
鱼龙混杂，灯红酒绿
夜总会里杯觥交错
小酒吧中勾肩搭背
你能分辨谁是人谁是鬼吗
豪华包厢中，坐满了
上流社会的下流坏子

倒是小街上的发廊
对生面孔特别警惕
女老板把头端下来放在案上
为假发上色、梳理
路灯下，闪过几枝夜来香

桥下蜷缩着谁的身体……

与其在外面厮混
不如退回书中，抱元守一
你尽可把小狐仙
引为红颜知己
谁呀？别在窗外推推敲敲的了
——女鬼请进
男鬼，给我走远些

（原载《星星》诗刊 2010 年 4 期）

供　果

这是最圆满的结果了
你已超越了所有果子的高度
种因的人，向果匍匐

自从靠近神祇
就不再担心被咬一口的痛楚
神前的善男信女
谁又会坦承失身的欢娱呢
没有哪只馋猫
敢触碰你的仙风道骨
腐烂大概是不会的
消耗在这里只能说成是虚度
看着你一天天被风干
皱褶间嵌满岁月的肃穆

只有果没有因的因果
高高在上的神灵们不屑一顾
风骚的小尼成了师太
八月的秋风，魂归何处

（原载《星星》诗刊 2010 年 4 期）

第 366 日……

倒计时：5、4、3、2、1
过了此刻，今年也就成了过去
但并不觉得有什么不同
我也不想重新计时
365 天过后我接着往下数
366、367……

桌上的蜡烛才燃了一半
故事的高潮才刚刚掀起
你，也不可能与自己的昨天切割
日子，还得一天天继续
没有谁能折叠时光
更没有人能够张狂地抽刀断水
将奔流的长河分段处理

江心，一艘遏浪的飞舟
转瞬间已跨越了好几个世纪

（原载《华语诗刊》2016 年 4 期"名家在线"）

大爱无形（长诗）

一

记住这个日子吧——
2008 年 5 月 12 日 14 时 28 分
正当孩子们坐进教室
突然，印度板块和欧亚板块
挤压挫动成罕见的劫难

坐在一个松动的词汇上
我领教着"地动山摇"的内涵
从震中——汶川
震波汹涌着一圈圈向外扩展
大山，沙盘般解体了
高楼，积木般倾塌了
公路，丝线般扯断了
顷刻间，成千上万的血肉之躯
怎么说没就没了

映秀，不再秀
茂汶，不再茂
安县，不再安

由都江堰、彭州、什邡、青川及至北川
一下子全都找不着北了
整个四川像风浪中的破船
道路，中断
　　通讯，中断
　　　　电力，中断

比战争还可怕的地震啊
不可抗拒的大自然的灾难
你只打了个喷嚏
整个中国便摇晃起来
每颗中国心同时震颤

二

短暂的惊恐后，不再惊恐
短暂的慌乱后，不再慌乱

——拯救生命
那位爱流泪的望星空的总理
第一时间从空中飞临了
——查清灾情
那十五位写好遗书的空降兵
肯定比"神风敢死队"勇敢

啊！从总书记
到县官、乡官乃至每位灾民
全都各就各位
再不需要煞费苦心的倡导

154

再不需要长篇累牍的宣传
一次自觉的全民行动
在废墟瓦砾上开展起来了

房垮了，没有牢骚
屋塌了，没有怨言
灾难中的人们甚至没有流泪
（不是不悲，不是不伤）
为刨出被埋在断壁残垣下的亲人
老天没留给我们流泪的时间

三

余震一波波向四周扩散
爱心一层层向震中汇聚

那一股股草绿色的主调
从空中、陆地开进四川
此时，谁能说"兵者，凶器也"
面对突发的天灾
不带枪的士兵更像士兵
不带枪的将官更像将官
——保卫国家和国民
是军人唯一的神圣的使命啊
当那位灾区的大娘
跪下求战士吃一枚鸡蛋时
谁敢、谁能、谁会
不把父老乡亲放上心坎

155

哦！那轰隆隆的履带声
再一次把滴血的心灵震撼
（放心，那不是坦克）
橙色的挖掘机、推土机和吊车
由全国各地紧急驰援
群山中，一条条通往灾区的道路
断了又通，通了又断
中华民族真到了最危险的时候吗
当地震使群山松动时
中国人的心抱成一团

还有一度离我们远去的
白衣天使终于又回到身边
俯身在地震的手术台上
但愿缝合伤口的针线
从此缝合被金钱裂开的民怨
医者心父母心呵
凡是有白大褂出现的地方
凶恶的死神也有所收敛

四

雄起，灾区的同胞
挺住，四川·汶川

曾几何时，什么都缺的中国
到而今什么都不缺啊
来了，蔬菜、水果、矿泉水
来了，衣被、帐篷、方便面

要什么你就知会一声
包括我们原本就一脉相通的血管
每个灾区都有志愿者的身影
都有南腔北调的呐喊

啊！原本默默无闻的汶川
让全国挂念，让世界挂念

让我们记住那些国家
和数字吧——
沙特：6000 万美元
印度：500 万美元
美国各界：6200 万美元
日本：5 亿日元……
哦，还有法国、英国、澳大利亚
加拿大、瑞士、波兰……
全世界都没有旁观啊
我尤其要记下"同志加兄弟"的
朝鲜：10 万美元
阿尔巴尼亚：4 万美元

五

啊！一次举目同悲的国殇
啊！一次惊天动地的国难

不敢再描写血淋淋的场景
不敢去弹动可怕的数字的琴弦
我们活着

幸存者必须把全部痛苦承担

灾难还没有过去
家园还需要重建

曾被人垢病的垄断企业
一掷千金是爱
而习惯讨价还价的小商、小贩
献出的一车车瓜果蔬菜
也同样沉甸

艺坛的腕们：十万、百万
体坛的星们：百万、十万
在我为他们叫好时
更为下岗工人和城乡低保户的
10 元、100 元暗自赞叹

每个人都在奉献着自己的爱啊
大爱无形——
震中不在汶川，在心间

大震中警醒的中国
得加倍的去好好爱你的子民啊
劫后余生的平凡百姓
没有在地震的重创下垮塌
没有给地震的死难者丢脸

（原载《四川文学》2008 年 8 期、《星星》诗刊 2008 年 8 月号、《四川日报》等处）

下 部

（本部分收录原创新作100首）

我的优势恰恰是劣势
是文字体内那一道道看不见的裂痕
不可学，也不可复制

我的作者简介

很传统，很中国的姓氏
——龙　郁，是因为郁郁寡欢
也可理解为诗情浓郁
年纪还小，也就六、七岁
只因视诗如生命和宗教
故而人称"诗痴"
生于民国，长在中华人民共和国
属乌鸦，就是穿上白T恤
也绝不可能变成一只喜鹊
只因曾经"青春"过
隶属诗坛"黄埔军校"三期
永远都是诗的孩子
混入中国作家协会是20世纪的事了
无文凭，（相当于进士及第）
所以，至今仍是一个平民诗人
籍贯东亚，但绝不是病夫
民族：汉，蜀郡人氏
身高：因近年来又冲了一截
才略高于发表线
当别人把汉字打磨得珠圆玉润时

161

我把诗句写得瘦骨嶙峋

有四位数的作品在国内外问世

著作叠起来也就十来公分

收入各种选本，形同烂泥巴糊上墙

远看、近看都像补丁

体重：轻于泰山，重于鸿毛

所获各种奖项纯属意外

想得到的月亮，至今仍挂在天上

所以，才调遣一百万汉字

去攻占盈尺高的《龙郁诗选》

最后要说的是——

家住河东，但常生活在河西的雾霾中

退到最后排的我胸无大志

只想把诗写到最前排去……

2015 年 8 月 3 日—2017 年 8 月 3 日

无中生有

一个吃尽苦头的人
得了糖尿病
上苍明鉴，连他自己也不明白
糖，来自哪里

一个谨小慎微的人
患上胆结石
天可怜见，连他自己也不相信
胆，会从此硬起来

这足以证明
我们生活在一个无中生有的城市
有霾，正悄悄混入雾里

一炷香

一位苗条的红衣女子
竟然会遁入空门
当她在佛像前虔诚地弯下柳腰时
心已成灰……

神龛后，走出一位布衣小尼

女 巫

那个骑着扫帚翔空的
女人。以最狰狞的面目出现
身段婀娜多姿……

想到敦煌的飞天
和黑纱罩体的阿拉伯少女
美，就是巫吗
为了让红酒不再浪荡
上帝，遥空一指
一群乌鸦从教堂的尖顶上掠过
绕空三匝后，消失

巫，就是美吗
星子坠落
从高墙暗影中，几位修女款步走出
用扫帚清扫着尘世的垃圾

收割爱情

夜。稻子梦见镰刀
不知是不是好事
与心上人漫步在乡间小道上
头上的弯月，让我想到
收割，和农事

爱，可以像稻子一样
"咔嚓"一声，收割回去吗
晚风中摇摆的她
轻轻靠过身子
我立刻将手臂弯成一把镰刀
悄悄挽住她的腰肢……

头上的弯月笑了
目送着我们向夜的深处走去

只想把今天延长一两个小时

想想又白活了一天
天，就黑下来了
我不愿过早上床、熄灯、入睡
只想把眼前的时间
再往后延长一两个小时

坐在台灯掏空的洞中
我，面壁苦思
首先觉得：自己像被层层黑暗
包在其中的鲜肉丸子……

读书。写字
一旦进入后，便忘乎所以
我甚至还想用书本
搭间茅草屋子……
还真有点困了，扬手伸一个懒腰
将夜，推开一尺
待它还来不及再次合拢
我已跨上一匹黑马
向岁月的荒原绝尘而去

我在黎明时入梦

一只羊、两只羊、三只羊
一大群羊……
拥挤在栅栏外，找不到梦的入口
在茫茫夜色中乱冲、乱撞

我的牧羊犬哪里去了
只有诗句的野草疯长
但却不愿像瓜菜一样归垅上架
让晕头转向的我迷失了方向
这是何年？何月？何处
风吹草低，不见了我的牛羊
一团乌云低低地压下来
有铅块的分量
随手扯一支菖蒲的长剑
我像堂吉诃德一样左冲右突
却又不知在与谁较量

正在我穷于招架的时候
终于看见天边的曙光
好清爽的空气啊！一日之季在于晨

我大步穿过晨练的人群

把最后一头羊，赶进了梦乡

丝绸之路

蚕丛的后代
伏在一片桑叶上抽丝……

而你看到的
是一匹光彩夺目的锦缎
上面，密密麻麻的
都是针脚
万里之行就是始于绣女之手啊
入长安，出玉门
一路向西
这就是几千年长的丝绸之路了
骆驼早已穿过针眼
张骞，通西域……

不过，陈丝如烂麻
辉煌已成历史
但，只要蚕儿有足够的桑叶
复兴就不在话下
丝绸之路可以无限辽阔地延伸
一架彩虹，横空出世

大漠孤烟

唐诗中的孤烟
柳腰纤细
只要大漠上一有风吹草动
立刻就会魂飞魄散

而我看到的孤烟
远比王维的孤烟更加高远
虽说是气冲斗牛
却不是狼烟
随一声惊雷拔地而起
孤烟久久不会飘散
这样的孤烟不容易伤风感冒
在甘肃，酒泉……

你该知道这是什么了
一柱孤烟，撑起国威的蓝天
并在我们的长久注视下
化为祥云化为敦煌的飞天

171

长河落日

触底，没有反弹
一扇圆形的拱门欲关未关
地平线上，一支驼队
正鱼贯而入……

接着，昼夜合拢
四野一片漆黑
被遗留在荒野中的狼群仰天长嗥
那磣骨的声音，一直
传到千年后的今天

洞开是近年的事
那条锁国的铁链已锈落尘寰
天下大白，不止是昼
即使是在夜里，你也能听到
丝路上，喇叭声咽……

回　声

面对广袤的群山
有的人喜欢来一嗓子
听：回声了
自作多情的人压根儿就不知道
那是大山将声音
掷还给你——
你喊出多少声音就还你多少声音
不留一点声音的渣子……

朋友，在林中喧哗
你犯了大忌——
山神土地生来好静，守着一座空山
想永远想不通的问题
比如：森林明明在造福于人类
人类为什么要烧荒毁林
而林中的动物生性胆小怕事
会闻声逃遁……

知道吗？大山只笑纳
蝉琴蛙鼓，虫鸣鸟啼，风声雨声

那是天籁之声呀
它们可以，但你不可以

试 飞

站在高高的枝头
那只雏鹰牢牢地抓住一棵大树
它使劲地拍打着翅膀
想把大山提起来……

然而，一切都是徒劳
许是用力过猛吧
它一下子就重重地跌进了天空
摔得云里雾里……

狂吠的铁链

我豢养的狼狗死了
却在夜半，听见铁链在风中狂吠
不对！我用来拴狗的
分明只是一根麻绳……

麻绳发出铁链的声响
想来也不足为奇
反正，二者的作用都是用来约束
当麻绳不堪其困时
很可能发出铁链的怨愤

可狼狗不是在几天前死了吗
莫非狗的灵魂还没有脱困……

慌乱的草原

野草弓着身子从远方跑来
略一停顿，又飞奔而去
经过我身边时，我的风衣也想跟着跑
幸亏，被纽扣制止……

别说，我也有跑的冲动
但不是顺着风的意思
我是想逆着风向，去草原的那边看看
是什么东西，让草原慌乱不已

亡　流

亡流，其实是流亡
一条丧家之犬为躲避棍棒
亡流，但目的明确
逃离一面罗网
这个连暂住证也没有的内地汉子
在人烟稀少的新疆流浪
打零工、摘棉花、挖虫草
用青春换取活命的口粮……

相较于无形的笼子
自由更令人向往
唉，当年那个翩翩少年哪儿去了
一颗天狼星在天穹下游荡

牛头骨

只要那一对角还昂着
牛就没有完全死去
曾经，为对抗高原的风暴
为对抗鞭影刀风
你已耗尽了皮肉和精血
而现在，你是在用白森森的骨头
抵御着时光的侵蚀

面对如此强大的对手
需要多么坚忍的耐力
你目空一切的眼眶深不可测
比任何时候都冷峻
而两排白齿仍在寻找下颚
丝毫没有松动……
一头牛，一头只剩下头骨的牛
以奋不顾身的一跃
站上墙头，成为我的图腾

真皮凉席

平整，光滑，透气
一张真皮凉席
不知是牛的？马的？谁的

大热天睡在上面
很容易就梦见辽阔的草地
梦见美丽的格桑花
和游牧的少女
一阵秋风从漠北的戈壁滩吹来
带着一丝丝凉意……

兴许，你还会听见
牛角号呜呜响起
面对强敌来势汹汹的金戈铁马
你成了捍卫和平的勇士
何其悲壮、惨烈啊
冲锋在前的你，不幸血染
沙场。马革裹尸……

蓦然惊醒

冷汗早已湿透了身下的凉席
只觉得一身骨肉酸痛
而真皮，能否再翻身站起

街上，一头獐子又一头獐子

目光如水，步态轻盈
长街上，一头獐子又一头獐子
正悠闲地穿过斑马线
向琳琅满目的商店走去

这些美丽的精灵啊
留下一路的香气
在光天化日下尽情地展示风采
高贵、大方、露背、亮脐
就不担心自己的麝香么
虽然你不把世风放在眼中
却有不轨的觊觎……

我开始暗暗地担忧起来
目送小蹄子们走向远处的草地

刮目相看

逃离鸟嘴
一颗松子慌不择路地下山去了
惶惶如惊弓之鸟
匆匆如漏网之鱼

这颗松子
躲进山下的石缝就再不现身
也或，是在暗中修炼
返老还童的道行
次年，从山门中侧身走出一位
神清气爽的青衣童子……

林中艳遇

一个女子在林中更衣
翻来覆去地欣赏自己的裸体
待你发现她的时候
一切已基本结束
她，一扭身隐入茂盛的草丛中
忘了收走那件绣花衬衣

呵，这盈盈一握的
蛇皮，有着玻璃般透明的质地
当你置身于野性的荒原
随处是邪恶的美丽
听老人讲：看见蛇蜕皮时
你也必须尽快脱衣
否则，它会穷追进你的梦中
纠缠你一辈子……
完了！我这人什么事都慢人一步
除非来的是位——美女

就不要想入非非了
透过蛇皮，只能看见蛇的身子

184

蓦觉：远处的树荫晃动
该不会是她？又去而复返
回来寻找丢失的内衣……

玛尼堆

在我看来
这不过是一堆白色的石头
可在牧民心中
它是——玛尼堆

玛尼堆又称朵帮
意为曼陀罗
是由大小不一，形状各异的石头
随意垒筑而成的
莫非上面刻有六字真言
——嗡、嘛、呢、呗、咪、吽
就真的能驱邪避灾么

图案是人刻上去的
怎么看，石头还是石头
但不知不觉中
我变成了一头虔诚的驴子
绕着玛尼堆转起圈来

火锅毛肚

四川人喜爱火锅
毛肚是餐桌上必不可少的美味
老板娘在一旁介绍说
烫火锅的诀窍是：七上八下
包你爽口，香脆

我的筷子停在半空
联想，流汤滴水
所谓毛肚，不就是牛的胃吗
专门用来对付粗纤维
一个辽阔的草原正在展开
蓝天白云，草长莺飞
我曾躺在春光四溢的苜蓿丛中
嚼着一茎青草想入非非……

而眼下，我的胃
在消化牛的胃
而毛肚，已经悄悄蠕动起来
像一台轰隆隆的碾草机
仿佛要从体内将我绞碎

松　茸

松茸，一盒来自小金的松茸
快递到家中⋯⋯

轻轻揭开冰封的盖子
呵！松茸一拥而出
然而，要想在山中采一朵也难
必须众里寻她千百度

所以，松茸的珍贵
不仅情谊厚重
据说，她还有抗癌、防衰的功效
能助你安睡入梦
然而，今夜我偏偏又失眠了
也是因为松茸⋯⋯

学校菜园

这也是一页页书
是另一种教案
用翻书的十根指头细细地阅读
菠菜、萝卜、苤蓝……
学校还专程赶往唐朝
聘请李绅为客座教授
讲解："锄禾日当午，汗滴禾下土……"
的创作感言

这便由表及里了
自然，这也是理性与感性的转换
——渔、樵、耕、读
赋予课堂以全新的内涵
就在蔬菜们健康成长的同时
学子也然……

2017 年 4 月 23 日参观濟阳中学菜园有感

绝地逢生

一条鱼，舍弃了天空，
就避免了子弹的追杀。

一只鸟，放弃了水域，
便躲过了拖网的捕捞。

海阔天空地活在人世，
我常被命运逼到死角。

千钧一发

不是什么大不了的事
只是我起身时碰翻了桌上的杯子
眼看它——
倾斜、歪倒、滚了两圈
到桌边时开始下坠
啊！悬空的它翻了个跟头
悲剧就要发生……

其实，很长的叙述
只不过一瞬
完了！接下来肯定是：岁岁平安
这是我闪念间想到的词汇

比想到更快疾的是
一只手，凌空接住了杯子
就在千钧一发间
事故中止
而我联想到的却是一件件临危的故事
要是也有一只手见义勇为……

看不厌的老电影

影片名叫《列宁在一九一八》
我已是第四次花二角五分
去看那部电影……

要说，电影的每个情节
早就烂熟于心
我想看的只是历史战争片中的
一个插曲——
那场不完整的芭蕾舞剧
每当超短裙中伸出的长腿和脚尖
旋向我时，场景切换
我始终没有看清……

为此，我才第五次花钱
（要命的二角五分）
以革命的名义去熄灭青春期的躁动
这无关历史，也无关战争

枕边风

很明显，事关女人
但，向我吹枕边风的却是
书籍和杂志

远比弹劾的奏章厉害
一本又一本
相辅相成，相近相悖，相克相生
常搞得我失去主意
困了，就左抱右拥入眠
一边书本，一边女人……

所以，才患得患失
百无一用是书生
至于我，累遭贬谪本在意料之中
只是连累了枕边的女人……

审美疲劳

口袋里已装满了石头
石头上有美丽的花纹
像什么？待回家后再仔细辨认
而更美的石头
还在前面的河滩上等我
只有先抛掉一些
才能再捡拾一些
就这样，我一路捡一路扔
不断用石头折腾自己
原来！审美也是会疲劳的呀
我扔掉好的，留下次的

不该看见的

古云：非礼勿视
原以为说的是《金瓶梅》
可近年来已不稀奇了
只有不多的几个夫子还在用放大镜
研究它的学术价值

不该看的不看
这让我的眼睛觉得委屈
比如：雄鸡踩蛋
青蛇交尾
有许多事不通报一声就擅自闯进眼眶
记得那次向表嫂讨教厨艺
她在切一块白肉时
胸前鼓起的衬衣也跟着颤动
搞得我想入非非……

不用说我的目光立刻躲开了
可那画面，至今也无法抹去……

玩意儿

玩过扑克，玩过烟盒
也玩过玻璃珠子
实在没有什么好玩的就玩玩自己
并且，由小玩到大
又由大玩到小

这就是全过程了
至今想起来仍让人情不自禁地
羞涩、颤栗……

请原谅少年的单纯
我们当年的日子实在无聊透顶了
没有录像。手机
而今，文娱生活丰富多彩
可年轻人仍躲在我们的阴影中
玩自己……

再小的声音也是声音

一匹羽毛掉到地上
能闹出多大动静？
你不能因为没有听见那声音
就说它没有声音

再小的声音
也是声音
虽然它只相当于那位受辱的农妇
呼天抢地的哭泣
可你就是听见了又能怎样
有时，耳朵只是摆饰

泰山崩于前了吗
聋子问瞎子
唉，只要你愿意听就能够听见
于无声处的惊雷……

八两大于半斤

显然，半斤要小于八两
当我为两个争强好胜的孩子断理时
他们都只要八两
而不要半斤

我只好各打五十大板
这才显得公正
而他俩仍意犹未尽地继续争论着
关于半斤和八两
为什么会相等的问题

是啊，在十进位的时代
八两的确大于半斤
小孩子不知道十六进位的换算方法
难道我可以不与时俱进
然而，解释权归仓颉办公室
我无权修改约定俗成

钓　鱼

准备好鱼竿、饵料
他决定去钓鱼
其实，是鱼准备好了一尾鲜肉
（当然，还有刺）
在钓他，整整一个星期来
鱼都在梦中摆动尾鳍
想引他上钩；想让他到河边来
送上美食……

现在的鱼都变聪明了
就像我们吃鱼剔刺
鱼，也会小心翼翼地把钩剥出来
只将肥美的蚯蚓吞而食之
所以，他空手而归的时候居多
而并非污染的水中无鱼……

只能是伞

望着浩渺的苍穹
我的联想急剧萎缩，收拢成
一把小伞

于是，白天黑成了
星光灿烂的夜晚
这说明，明天不会再继续下雨了
当约上几个知心朋友
去断桥边寻觅古典的诗篇
至于伞的比喻
就暂放一边……

但，当白昼再次被撑开
我的联想又重新还原
只觉得，浑身的伞骨都扩张成了
一片移动的蓝天
白娘子，正顶着一轮骄阳
在视野中渐行渐远……

跑　题

当我写下这个标题时
想不跑题都不成
本意是想赞美一座古时的拱桥
而流水，已穿洞而过
浪花离题千尺……

那就写这条河吧
碧波、翠柳、蒹葭、芦苇
却突然看见沙滩上
落下一只白鹭
杜甫顺手将它捉来养在唐诗中
配以两只鸣柳的黄鹂
这下，觅食的螳螂遭殃了
而蝉并没把它放在眼里

其实，那只是一只蝉蜕
——蝉的玻璃外衣
一旁的我也乘机来了个金蝉脱壳
溜之大吉，也叫：跑题

惨淡的蜡烛

停电
蜡烛撑起半边天
电又来了
人们所做的第一件事情就是
"扑"地吹灭烛火
像抹去一个光的污点

相较于电的大光明
蜡烛太过暗淡
可那是用尽生命的全部能量
不惜焚毁自己
作出的爱的奉献

你还能苛求什么
烛泪未干
但，已经没有人记得它的好了
记不得一支蜡烛，是怎样
艰难地用自己瘦弱的手
将他们拖出黑暗……

喜形于色的人们
忙于上网，给自己和手机充电
早已淡化了前不久
对停电的抱怨
而只剩下最后一小截的烛头
正面临着被抛弃的危险

再次问路

古时有背着孩子找孩子的事
那是讽刺女人的粗心大意……
但心细如发的我，眼下却只有挠头
怎么也找不到十年前的故居
"请问，纯华街怎么走？"
一位大爷望着我，一脸的茫然
"请问，纯华街怎么走？"
一位女士，对我瞪大了双眼
就连四周的高楼大厦，也俯身围过来
以为问路的我神经错乱……
碰了一鼻子灰的我一头碰在路牌上
"纯华街"三字赫然就在眼前
天啦，老街竟然只剩下一个名字了
我的头脑中，堆满了破瓦烂砖

芳　邻

自从搬进花园小区
就应了那句：
"鸡犬之声相闻，老死不相往来"
门与门，相互对立

当然，鸡犬只是虚拟
唯有猫眼逼视
人们把自己反锁在内心的暗室中
大不了开一扇小窗
只为透透新鲜空气

突然，一缕花香
钻进我的卧室
可能是对面阳台上的米兰开了吧
花儿虽小，却比人率真
脑海中，闪过一个久违的名词
——芳邻

柔软的石头

我爱故乡的水潭
潭水清晰见底
尤其是卧在水中的胖嘟嘟的石头
它们不断地变幻花纹
不断地变幻形体
有一块石头，竟然游了起来
正欢快地摆动着尾鳍……

石头，也是鱼吗
既有生命，定有鲜美的肉质
太阳常把光线垂入水中
就一直钓不上一块卵石

水底的石头是软的
对此我深信不疑
不过，这样的石头只适合养在水中
一捞上来，就变得坚硬无比

学步的笔

"七坐。八爬。九生牙。"
那孩子，在描红贴上蹒跚学步
他爬着爬着就站起来了
走得一撇，一捺……

踉跄。踟蹰。抑扬顿挫
出格是可能的
弯勾似的脚步一横一竖地走着
总算在笨拙的临摹中
渐渐走出了字的样子

哦！这支描红的笔
由生疏到熟悉
现在，已没有什么可以约束他了
龙行虎步的它抖擞鬃毛
随心所欲地扬长而去……

晚　稻

暴风雨后的水田
一片狼藉——
倒伏的秧苗意味着颗粒无收
让垂头丧气的农夫
不寒而栗……

趁着雨过天晴
赶快补栽吧
仓中的黄谷算得上老前辈了
但仍然可以再青春一次
它们使动地拔节、抽穗、扬花
一副毫不示弱的样子

晚到也是稻啊
米和米，本就没有什么差别
一个沉甸甸的秋天
从废墟上，拔地而起

画虎类犬

我本想画一头虎
却画成了犬
我不说，你不会知道它的原型
是一只吊睛白额大虫

这没有什么不好
一只土狗，怀有虎胆
它从墙头上
一纵身跳下来，对直跑到门前
还回头冲我摇摇尾巴
眼中满是忠诚和友善

反其道而行之

水中月是月的倒影
镜中花是花的替身
就连诗仙李白也难辨真伪
纵身一跃……
要遭！我本想伸手去拉他一把
可，慢了半拍

半拍就是 1250 年啊
多么深刻的教训
所以，面对诱惑我总是裹足不前
只是远观，而不靠近
任凭幻影转瞬即逝
其实，我是真不敢去爱啊
美，是美的陷阱
谁知，就在我转身拂袖而去时
却与玉人撞了个满怀

铜　镜

一面出土的铜镜
几经打磨后
又明亮如初，光可鉴人
可那位古典的美女
已隐入镜子深处
千呼万唤，不肯现身
莫非是嫌当今的社会是非太多
才不愿意再次卷入红尘

我追入镜中
只觉迎面扑来袭人的寒气
我是在私闯民宅啊
有偷窥的嫌疑
慌忙退出，一不小心撞翻了
妆台上的脂粉……
毕竟，一面铜镜隔着好几个朝代
别扰了佳人的梦境

大白菜进城

隆冬，进城的大白菜
腰上还拴着一根乡下的草绳
卸完车后，菜农就走了
紧抱瑟缩的身体……

估计每棵有三五斤吧
这大白菜太有心了
紧卷的叶片是那么洁白、鲜嫩
我，一层一层地剥
一匹一匹地吃
让每餐饭，都显得活色生香
身心，也逐渐变得素净

大白菜越剥越小
却始终保持着大白菜的样子
尤其让我惊讶的是
剥到最后，仍然没有见到菜心
也许，无心就是心吧
隆冬的大白菜，表里如一

隔岸观火

这个词已成为隐喻
但你泅不过去
加之河上没有桥，也没有船
救火，缺少一个前提

该悲哀的是对岸的人
而不是干着急的你
明明守着整整一条大河的水
还让野火肆虐……

说时，已万山红遍
且看水助火势
这次，我说的是枫树的倒影
——隔岸观火
让水边的人心旷神怡

牛奶会有的面包会有的

每当我端起奶杯时
就想到老电影《列宁在一九一八》
——牛奶会有的
面包会有的……

那位前苏联人的话
离俄罗斯人的耳朵很近
离嘴巴很远
距我们就更是十万八千里
其实，也就一层银幕
直到一九七八年像纸一样被捅破后
奶香才渐渐滋润了中国大地

牛奶，寻常之物
面包更是
可当它像月亮一样高挂在天上时
我们就只能画饼充饥

空椅子

雨后，空气清新
到处湿漉漉的
摇曳的树影将长椅擦了一遍又一遍
等待着游园的人的光临

一个清洁工走过去了
两个年轻人，没停
那位拄着拐杖的大爷该会落座吧
但他依然没停下步子
今天怎么啦？好端端的一把
椅子，竟然会无人问津

绝对不可能无人来坐
对此，我深信不疑
阳光由椅子的这端挪到那端
头上，落叶飘零
即便是一把闲着的椅子也不是摆设
让雨后的公园显得温馨

时间的驴子

我想把那架老式座钟
比作：驴子——拉磨的驴子
它一圈一圈地瞎走
把年磨成月，把月磨成天
把一天磨成 24 小时……

太阳和月亮
是两副磨盘。磨齿相互
咬合，把黑磨成白
把是磨成非、把时间
磨成渣子……
晚上，我们就在磨盘上睡觉
想，想不转的问题

座钟显然已不堪重负了
别说见磨而不见驴子
"滴滴答答"的蹄声迈过子夜
正向夜的深处响去……

竹林茶肆

围坐在竹影波光中
饮茶。七嘴八舌地剥一颗春笋
话题不着边际
也没有核心

最后，只剥出个空来
不过说说而已
但夕阳，就在我们的闲聊中落下去了
踏着满地的笋壳回家
也算是不虚此行……

反客为主

我知道，有不速之客
潜入了我的居室
好几天了，这感觉在不断地放大
逐渐定型为覆盖我的双翅

哦！一只狡猾的蚊子
在暗中，对我监视
既然逮不住，就让我们和平共处吧
可蚊子不理这茬
俨然以主人自居
入夜后，它便自天而降地落下来
咬我！要轰我出去……

这里，到底是谁的家呀
我对自己产生怀疑
小小斗室，我不知道的地方太多了
一想到蚊子，我就感到心虚

在河床上

当奔腾的大江静下来
不再汹涌、泛滥
这时，你看到的许是失落
时间的慢，静水的软
而我看见的，却是一河的反骨
裸露在浅滩……

是谁与谁斗啊
都几千年了
大江潮起潮落，山崩地陷
在大水冲决一切时
又滋润着农田
我们的祖先，就是用这些石头
猎杀野兽，取火、取食
也是用这些石头
垒堤筑坝，驯服水患

面对人世间的不平
历史的长河
不断地为反抗者制造着石头

219

奴隶们，就是用它
砸碎身上的锁链
定睛看时，只见满目的壮士头颅
正以静制动地镇住河滩

人 皮

同属高等动物
人格，自然也应该是平等的
但，那只是外表
实质则迥异

世上，也许本无所谓人
你看到的只是人皮
人皮下，大多是猪、羊、鸡、狗
除十二生肖之外
也可能是青蛙或蚂蚁

可以这样说：人皮
囊括了大千世界的所有肉体
那个勤劳的人是蜜蜂
那个行窃的人是耗子
而那位健跑者本就是一匹奔马
狡猾的奸商是狐狸……

麻雀虽小五脏俱全
就是这个道理

斗牛场上，本该是牛与牛斗
有一头却忘了脱下外衣
至于那些不把人当人的施暴者
更是衣冠禽兽，弱肉强食

难怪人与人如此不同
真与假，善与恶，美与丑混在一起
原本，我想与那人亲近
又怕一伸手，握住狼的爪子

棒棒糖

多么寻常的零食
——棒棒糖
这种现在孩子不当回事的东西
曾是我童年的——太阳

别以为这比喻夸张
它是最高的褒奖
当期终考试，夺得全班第一名时
母亲在下了三次决心后
才为我买了——棒棒糖

高举着棒棒——糖
我一路摇响童年的辉煌
不必包着、含着
我尽可以大大方方地向全世界
炫耀母爱。并展示着
人生的幸福时光……

把入口的东西入诗
这哪儿是糖呀

我从嘴里抽出的分明是一枚苦胆
还有，当头一棒

锈

那把刀
因被人长久冷落而生锈了
生锈，是钢铁的属性

木头就不会生锈
塑料也不会
唯有钢和铁才会生出
这些黄色的斑纹
不过，你可以轻而易举地从锈蚀中
重新找回锋刃

所以，不要忽视一把锈刀
兴许那正是一种隐忍
说不准它什么时候又会光着膀子
弄出些不大不小的动静……

远足归来，不胜惊讶
怎么？女友送我的黄桷兰
也生锈了
生锈的，还有我的衣领

225

莫非在我们体内
也含有金属成分

刀的解构

一

明晃晃的一弯月
悬在头上，异常锋利
可观。可赏
可削梨
就算从羊腿上划拉下一大块烤肉
也算不得凶器

二

刀，既可壮行色
又能当佩饰
古代的书生就常常腰悬一口宝剑
像女人的耳坠、簪子
行走于江湖，不是为了炫武
只是为了显示斯文

三

一把刀，即便落魄

也决不卖身
至于牛二为什么要硬往刀上撞
与杨志没有关系

四

大多数的刀剑
都会锈死
但若在仇恨的条石上蘸着泪水磨
即便是菜刀、剪刀、水果刀
也会崭露出杀气……

一鼓浊气

牛皮，是牛的幡然悔悟
也是反戈一击……

虽然内脏已被掏空
土豆烧牛肉，成了赫鲁晓夫的共产主义
你喝完牛尾汤后揩揩嘴角
早已看不出老牛原来的样子

这张挨过无数鞭子的牛皮
再也不愿沉默了
当你一锤落下，牛皮的吼声惊天动地
它要把一生的怨怒全吐出来
让你作魔。一鼓作气

——驱赶着
曾经鞭打它的人类前仆后继
至于结局是势如破竹
也或一败涂地
那就与被屠的牛毫无关系了
鼓声：再而衰，三而竭……

守株待日

已不止一次看见
太阳落入了后山那片林子
可是，等我追进去
却一无所获，甚至连晚霞的羽毛
也未捡到一匹……

于是，我提前入林
决定守株待日
然而……就在我再次失望时
只见红光一闪而没
一只火红的狐狸
也许，我看到的就是太阳的化身吧
神秘之极谓之：狐疑

之后，我又多次入林
可看见的只是些松鼠、兔子
它们，肯定与落日无关
因此我越来越坚信：
也只有那颗不可捉摸的老太阳
才披得起火红的皮衣

恰恰相反

十月，秋意渐凉
我开始添衣
先是外套，背心，又加上夹克
得自己体贴自己
而原野上的树木却在卸妆
风中，落下片片叶子……

你热吗？我冷
已戴上口罩，手套，围巾
活脱脱一条热狗
把自己包裹得严严实实
而树，仍在继续脱
扭动凋零的细枝
再看我，已用完最后一件羽绒大衣
这，就更飞不起来了
而树，却在茫茫雪原上舞蹈
舒展筋脉和赤裸的身子
天啦，它还捧着一个空空的鸟巢
在寒风中走来走去……

就别为鸟儿操心了
它们早已迁徙
反季的树，这才放心地停止搜寻
悄悄披上一件冰雪的外衣

重 镇

这儿是一个重镇
花团锦簇，灯红酒绿
但，最重的
不是载重汽车，也不是石头塑像
更非拔地而起的楼宇

一只蜜蜂举重若轻
提着春天飞行
让我的心也生出一对翅膀来
跃跃欲试……
蓦见一位乞讨的老者
在跪拜路人……
好沉啊！他手中捧着的那只空碗中
装着一个富足的城市

苍蝇馆子 *

舍弃流线型的高速公路
我改走蜿蜒的省道
省道不仅省钱（先埋一个伏笔）
只为寻找一家苍蝇馆子

而今，苍蝇不少
高档酒楼，特色餐厅比比皆是
唯有从前常见的
苍蝇馆子，几尽绝迹
汽车绕过一个急弯，又一个急弯
好像看见了景阳冈前的幌子
虽不敢像武松那样拍一巴掌
伙计！筛三碗白干来
上好的卤牛肉，切上两斤
但，回锅肉、肝腰合炒、蚂蚁上树
现炒现卖，货真价实
尤其是免费的壮汤原汁原味
完全是早年的品质……

餐罢，拍拍肚子走人

234

我用高速公路省下的银子会账
相当于白吃

注：＊路边村野小餐馆。

长在体外的骨头

一副铮铮铁骨
支撑着我们的身体
而护卫骨头的
竟是血肉之躯
为此，才有那么多的皮开肉绽
那么多的鲜血淋漓……

假如肉体和骨头
能够交换位置
就像全副武装的穿山甲，顶盔掼甲的龟
生下来就知道自己保护自己

其实，我是多虑了
回望人类几千年争斗的历史
只见尸骨遍地
昨夜，我又梦见沙场秋点兵
风雪中，寒光照铁衣……

面对一块出土的陶片

面对一块出土的陶片
釉色光鲜，胎质细腻
敲一敲，来自明末清初的声音
夹杂着国破的脆响……

一片陶在我的注视下
正努力还原它的本来面目
虽然灵气已不多了
但我依稀还能看见一双素手
捧着这只彩绘的陶罐

是藏于侯门深闺
也或来自民间
之后，是在井台还是别的地方
脆成了碎片……
突然，从扬州，嘉定方向
有杀伐声隐隐传来
陶罐失手跌落，溅起
一地的血光狼烟……

……从冥思中惊醒

我在八百年后，才蓦然发现

这只陶罐虽然破了

却一直把锋刃抱在胸前

衣带渐宽

有时，觉得皮肤就是一件衣裳，
量身定做，穿在每个人的身上。
一旦穿上就再也不肯脱下，
直至越穿越旧，越穿越皱，越穿越松，
成为半老徐娘……
一定是生命的哪部分出了破绽？
漏掉了那么多年华与春光。
没有比丢失美丽更让一个女人心痛的事了！
于是拉皮、隆胸、一针针缝补，
再罩上价格昂贵的时装……
这人生的切肤之痛呀！只要你不是
伤心虚度光阴，就能笑对
那句"衣带渐宽终不悔"的诗行。

涂　鸦

就是指信笔写来
诗翁酒酣后在墙上一抒胸臆
有心人小心地揭下来
成了墨宝

在狮子楼的粉壁上
血书：杀人者打虎武松也
落款即内容
那是动真格的涂鸦

前科已昭然若揭
除此之外
别的涂鸦只能算是乱画了
端公的符，道士的咒
是专门用来唬鬼的
至于那些惊心动魄的标语口号
不知算不算涂鸦……

不说都市的"牛皮癣"
和"到此一游"的瞎画

240

在历史的舞台上
既然大人物们可以粉墨登场
就该让怀才不遇的颜料
在露天的街头展示才华

241

一枚银圆

一枚压箱底的银圆
也只能压压箱底
它既不可以改变我的处境
也无法解燃眉之急
但，只要不用
我就永远都有银子

在箱底一躺多年
我几乎就忽略了它的存在
而黑暗中的那枚银圆
也渐渐忘了自己的价值

那天偶然翻出来
怎么！袁大头竟变成了鹰币
是什么原本并不重要
也不想知道它的过去
重要的是这是奶奶留下的遗物
重要的是它的质地
我用耐心反反复复地拭擦
终于又光亮无比

其实，光亮一直都在
不会因时间而贬值
我只是将它从岁月的尘埃中放出来
用以为孩子祛风祛湿 *

注：*老一辈人常用纱布包着银圆和鸡蛋白，为初生的婴儿熨烫身
体，据说可以祛风祛湿。

飞蛾扑火

许是超负荷运转吧
就连天上的星月也被拉闸限电
我在窗前点亮一支蜡烛
照亮从前……

不招自来的是飞蛾
已许久没看到过真正的火了
更别说星火燎原
一只、两只、无数只飞蛾扑了上去
烛火，使夜成了屠场
有一只，竟真的把火给扑灭了
谁知，它也因此成了所有飞蛾的公敌
就为拯救了无数同伴

怨恨的焦糊味在黑夜中，飘……

古拉格 *

一本厚达两斤多重的书
名叫：《古拉格：一部历史》
捧在手上
阅读成了体罚

太沉了！我读一会儿
不得不放下来，稍事休息
合上书本，该不会
又把一千万苏联人关进集中营了吧
不会的（据说：俄罗斯当局
早已释放了他们。）
被我关进去的是故事……

一部重达两斤多的历史
还在不断往上堆积
安妮·阿普尔鲍姆，用一块砖头
折磨着中国读者的记忆

注：＊《古拉格：一部历史》（美）安妮·阿普尔鲍姆著，戴大洪译。山西人民出版社2013年4月出版。

人都走光了

旅游归来。车厢内
一群滚瓜烂熟的人陆续下车了
女儿"哇"地大哭起来
"人都走光了……"
好像有谁一下子拿走了她的快乐
拿走了她的童年……

都走光了。三十年来
当初的文学青年
一个个被文学期刊给翻过去了
只剩下我还在苦苦熬煎
人生啊！热闹总是暂时的
而落寂则是必然……
80年代的班车，在记忆中空空行驶
我感到前所未有的孤单
——谁笑到最后，也笑得最苦
得替朋友把剩下的路走完

用云褥一床被子

如果能用云褥一床被子
是多么惬意的事情
这样，就可以夜夜与星星为伴
睡得月白风清……

然而，不知不觉中
我往被子中装进了电闪雷鸣
天气一变
弄了我个里外透湿
一想到可能会在梦中被大水给冲走
我就连忙收拢翅膀
变成一尾洄游的鲑鱼

小泰山

多么高大的名字：泰山
——振聋发聩
我怀疑古人的眼睛也出了问题
海拔：1300 米

这样的高度
最多与《孟子·尽心上》比肩齐眉
读过《蜀道难》吗
在四川，随便一座山峰都在其上
更别说是贡嘎，峨眉……

还是打道回府吧
泰山，就留给秦皇汉武们去祭
站在若尔盖的平地小泰山
我仰头看趵突泉边的女子*……

注：*李清照纪念馆坐落在山东济南大明湖，趵突泉公园漱玉泉
旁边。

山道上的滑竿

双手紧握竹竿
暗中使劲
素面朝天的我做出一副抬的样子
而双脚悬空
仿佛驾雾腾云
但，我没有这样的能耐
只能大睁着双眼
看山路两旁的楠竹弯曲着脊背
一座座山梁弯曲着脊背
苍穹弯曲着脊背……

惊！奇！险
也：累
晃荡在山中的心往上提
而群峰下沉
好个——三人行用四条腿走路啊
上得山顶，才知道高处的人
多半是抬上去的

一根针的坠落

她微弱的呼吸，好细
一根针，悄然坠落
溅起了山摇地动的巨大响声

虽然你听不见
但她白发的聋子父亲听见了
一根孝顺的针
支撑着老人的晚年
没有针，丈夫的褂子谁缝
儿女的衣裤谁补
生活的口子和邻里关系
又该由谁去缀连……

这分明是根定海神针
用细细的生命线
拽着家庭这辆大车穿过夹缝
在拮据的日子中向前

一根针的坠落
让风雨飘摇的天塌了一半

望着伤心欲绝的父亲
懂事的小女儿说：
"爸爸，别哭了，还有我呢。"
坠落的针，薪火相传

251

烂苹果

在苹果还未成名前
在时髦还未以"苹果"命名时
我就知道：苹果
就是被咬过一口的样子
没想到那个缺口会声名鹊起

其实，不是咬的
是卖果人用刀子剜去腐烂部分
当年家人买回的大多是
这种价钱便宜的果子

能有烂苹果吃的孩子
是幸福的孩子……
有"苹果"牌电脑和手机的儿童
却丝毫没有我们的喜欢
每每看见孙子对水果皱眉时
被剜的感觉又悄悄泛起……

唉！几十年的落差为何比几千年还长
牛顿的苹果至今也未落地

放风筝

松开手，刚喊了声：走你
孙子便往前猛冲
一根长线，拉大了天上人间的距离

别人的风筝越飞越小
像天空缀满的补丁
孙子放起的是跑马山上一朵溜溜的白云

风，渐渐大了起来
孙子心生警惕
风筝群中，会不会混入一架美国的无人驾驶
飞机

这是哪里哪呀
一片被孙子扯得歪歪扭扭的蓝天
正在和一颗童心较劲……

游　戏

路过幼儿园
看见：栅栏内老鹰在抓一群小鸡
母鸡奋身挡在前面
很尽责的样子
然而，还是有一个孩子被抓了
弄得满地欢声笑语

接着就该角色转换了
弱肉变强食，新的鹰王诞生
游戏继续……

哦！几十年前
我们也玩过老鹰抓小鸡的游戏
之所以未让老鹰得逞
除了靠老师保护和侥幸外
自然离不开我的机敏
不过，也就因此一直被命运追赶
至今未能摆脱

让人添堵的事物

已许久未下过一滴雨了
江河断流，水塘开裂
就连数十米深的地下也抽不出水来
钢管井，开始打嗝

这才叫添堵
一口挥之不去的恶气在胸口淤塞
就如有的书，明明装神弄鬼
公然还说以飨读者……
其实，我指的不仅是书本
更有真实的谎言，干瘪的说教
化粪池，窨井，沼泽
人生，让你反饱作胀的事层出不穷
不知道谁能够解开我的心结

头顶的领地

头顶，方块形的天空
有团不显眼的水渍
尤其在夜晚，我平躺着的时候
更感来自上面的压抑
那是在一个风雨交加的夜晚
一条小河乘虚而入的足迹
不过，现在越看越像是一张地图
我就在它的管辖下
活得有点儿潮湿……

随着日子的深入
这印象，也变得越来越清晰
不过，它就要被征用了
连同我住的房子
水渍（得不到赔偿）
老实说，我还真的有点儿难以割舍
它好歹也曾是我的——领地

虚构的宴席

1961 年的冬夜
又冷，又寒
比寒冷更甚的是对食物的馋
几个上晚自习的孩子
围坐在一起。不谈女生、高考
不谈数学、历史。谈：吃

谈吃，打精神牙祭
我们七嘴八舌地大快朵颐
——羊肉、毛肚，火锅
那是虚构的宴席
有人甚至想把月亮捉来拔毛下锅
涮一涮，一吃了之……

语言的炭火越拨越亮
身体却越说越冷，也越说越饥
至于秧苗是怎样熬到抽穗
还真不是可以虚构的问题

旧日的小院住了六户人家

旧日的小院，很小
就住了六户人家
一户穆斯林，一户基督徒
还有三户拜观音菩萨
左邻右舍都能和睦共处，相安无事
诸神，也很融洽
从未发生过以多欺少的事
也没有谁称王称霸
当然，偶尔也会有些小龃龉
但转瞬就云开日出了
想来，一定是神在暗中做了不少疏通工作
一切从安定团结的大局出发

对了，还有一户未说
那就是既不信教也不信邪的我家
但，从不去干涉别人的信仰
别人也不说我们的闲话
所以，才少有神仙打仗凡人遭殃的事儿
六户人，关上院门就是一家

黑白电视

夏夜。不到七点
院邻们都聚到了王老板门前
——看雪

雪中，正上演大戏
——《霍元甲》
这让平日里各自为营的街坊
暂时找到了共同的话题
在场的所有人都爱国热情高涨
摩拳擦掌，义愤填膺

雪花，是否越飘越密
模糊了电视的剧情
急得王老板提着一根竹竿
在空中捅来捅去
不知道财大气粗的他在找什么
又为何与老天过不去……

剧完了。雪花那个飘
汗流浃背的人们，仍意犹未尽

我却从此明白：炎热背后
还藏有一个凛冽的人世……

拇　指

十指连心
各有各的功能和象征意义
拇指无疑是翘楚了
排行第一
一旦它竖起来
你就会看见一只挺着肚子的蝈蝈
在：叫好

而赞美是无声的
能得到它的肯定，很不容易
首先，你得光明磊落
富有人格魅力……
躲在巴掌的南瓜叶下不轻易露头
它，站在最低的位置

这只大肚子的蝈蝈
权力大着呢
它，甚至可以代表我出场
在纸上签字、画押
一旦落到实处就会产生法律效力

借据、收条、合同如此
卖身契也如此……

每个人，都有拇指
但又独一无二，且不可复制
为拯救一个蒙冤的老乡
它又不顾血溅五步地跳进印泥盒中
一鸣惊人

无视地心引力

牛顿用一个苹果
证明地心引力
而老树又把苹果重新举向高空
不是一只，而是千只万只

苹果树横生枝节
不是强词夺理
万有引力之上，肯定还有一种
吸引万物向上的引力
热气向上，蒸汽向上，火气向上
庄稼、草木无不如此
就连地上的苦瓜、甜瓜、傻瓜
也跟着争相攀爬上架
任凭你风来吹，雨来淋
偏不落地……

就算到了秋天又怎样
瓜熟，而蒂不落
是农民自己动手将劳动果实收获回家
与牛顿没有半点关系

琴声只有回到弦上才不会中断

落叶归根
窗外，一缕琴声在月下流浪
我隐隐听见
款款而行的琴声，丝线般绵长
仿佛，立刻就会断掉
又像在继续飘扬……

魂一样的琴声
使迷惘的夜色又添一层沁凉
莫非被五线谱绊了一跤
音步跌跌撞撞……
还是回吧，就到此为止
琴声只有回到弦上才不会中断
休止，是为了再次鸣响

条条大路通罗马

条条大路通罗马
此话的意思是
条条大路，都臣服在帝国的脚下

昔日的辉煌不再
上帝的归上帝，凯撒的归凯撒
而属于我的
只有乡下的老家

条条大路通罗马
而回家的路，却只有唯一的一条

但，就是这脐带般
细小弯曲的乡间泥泞小路
却可以通向世界的任何一个地方
又岂止：拜占庭　罗马……

大风，吹了一夜

大风以每秒十米的速度
从窗前刮过
到天亮时，不知跑了多少路程

同室的工友啊
别牵挂远在乡下的庄稼和房顶了
其实，风并未走远
整夜都在窗下玩弄着风铃

不以为然

金木水火土
相生相克
这道理，有一块木头不以为然
不燃的原因我不知道
只知道它的名字叫——麻梨疙瘩
是做烟斗的首选

记得当年
生产队常常在夜里召开大会
大多与阶级斗争有关
我总看见爷爷闷声不响地坐在角落
心无旁骛地抽他的旱烟……

捡　漏

一个萝卜一个坑
而马铃薯不同，总是拖儿带女
被人从土中一股脑儿
提拎起来，装进麻布口袋
好在一家老小并未分离

但，总有疏漏
零星的个体，像被遗弃的孤儿
散落在人民公社的地里
这就是我再次翻刨的原因了
捡的，当钱买的……

这样的马铃薯往往很小
小到可以忽略不计
就连称之为土豆也不够资格
就更别说洋芋了
我们权且叫它山药蛋吧
但，在孩子们绿色的眼中却成了
金疙瘩、银疙瘩

——清水煮山药蛋
助我们度过了难挨的饥饿年代
此刻，当我再次提起笔来
只觉得：一肚子的珠玑

同一首歌

起句是
"田野小河边，红莓花儿开"
十八岁的歌声刚打骨朵

我们，就站在歌的两端……

尾句是
"满腹的心里话，没法讲出来"
没讲出来，一首歌就老了

再写蒲公英

在早年挖野菜的地方
发掘苦涩的记忆
这时的黄花地丁显然已经老了
老成了一茎蓬松的绒球
轻盈而飘逸

往事，一风吹
不说也罢，只欣赏它的美丽
待到明年三、四月
路边开满蒲公英……
此物性寒，可食。用于清热解毒
而不再是果腹、充饥

晚　熟

记得离开故乡的当口
正值春种一粒粟
50 年后，当我重返老家的时候
适逢：秋收万颗籽

这生长期也太长了
其间，不知经历了几多风吹雨打
瘦小的表妹已儿孙绕膝……
是的，五十个春秋与一个春秋
在本质上没有区别
被我省略掉的：只是漫长的过程
——人民公社、公共食堂
以及大炼钢铁的记忆……

不过，只要丰收就好
权当我从未离去
房檐上，织网的依然还是那头蜘蛛
狗还是那狗，鸡还是那鸡
摘下一穗稻子，在掌心一搓
依然是白生生的大米

白被黑照亮

老师用粉笔在黑板上写白字
我用钢笔在白纸上写黑字
老师的粉笔像一只只蜡烛和火把
照亮了夜路和我的眼睛
而我的钢笔在白纸上走得磕磕绊绊
只能摸索着前进……

直到有一天
读到一本叫《普希金诗选》的集子*
我才惊讶地发现
原来：黑可以把白照亮
那是智慧和知识
一行行铿锵的句子高唱着自由之歌
在俄罗斯的雪原上阔步前进
我跟在后面一溜小跑
由二十世纪一直跑进二十一世纪的黎明
这，也许就是我爱诗的理由了
离开黑，即便大白天也寸步难行

注：*引发我文学创作欲望的第一本书。

273

以德报怨

被"红卫兵"焚毁的世界名著
又反回来将青年哺育
想来，这也算得上是以德报怨吧
历史上，这样的人和事
不胜枚举

我不是历史人物
自然，不想拉大旗作虎皮
一块石头碰伤了我
我还轻轻地将它移到大路边上
以免再被人，踹

至于——养病、养伤
还真有点儿让人不可思议
它让我痛苦不堪
我还喂它吃最昂贵的药
为它打进口的点滴
这就如：书让人头疼，我还为书熬夜
圈亡了羊，我还为它补牢
最不想提及：困难时期想饿死我

我还用糠菜养活了困难时期

该不是出于心虚吧
以德报怨历来受到人们的赞誉
我想以身饲虎（可老虎
早成了珍稀保护动物）
已无虎可饲
只好向追杀了我一生的弯月
送上桀骜不驯的脖子……

左　右

当命运左右我时
谁又在我左右
一盏灯，枯坐在自己的光环中
左边：是手；右边
依然是手
面对这花花世界，手足无措的我
真的不知该从何入手

左手往左伸——空
右手往右伸——空
当两手反方向合围过来的时候
抱住的也只是自己的身子
和一腔闲愁……

有的人左右逢源
有的人左抱右拥
但，这一切都不是属于我的
我只有能屈能伸的指头

左手之左，是宽

276

右手之右，是广
我遗世独立
只有当一双手齐心协力行动起来时
才与多舛的命运打个平手

洞箫的泪改道而去

我听见过洞箫哭泣
但没见过它流泪
尤其是在夜深人静的时候
幽幽箫声，断人肝肠

洞箫的泪水改道了
进入我的眼中
但，我流泪决不会放声大哭
甚至不发出一点儿声音
一个男人，不会在光天化日下示弱
多年来我已学会隐忍
有洞箫替我发声就足够了
泣与泪，貌合神离……

不流泪的洞箫
胜过洞箫流泪
一条河，在中途绕了个大大的弯
朝着无限的远方，奔流而去

过期的挂历

翻完最后一页就作废了
我是说墙上的挂历
但过去的一个个日子仍历历在目
又岂能轻言废弃

欠下的账必须归还
并且还包括利息
至于新婚燕尔后妻子怀孕的事儿
必须从红烛之夜算起
你这便一趟子又跑回到了去年
心中乐滋滋的……

其实，日子从未断开过
今天只是过去的延续
无论好事坏事都不可能过期作废
你得连同日历一并卷起来
收入记忆的保险柜里

279

路比步子短

最近，总感到脚在退化
常常疲软、乏力
原因不是走路太多，而是太少
有时甚至显得多余

横空而过的高铁下
快速公交，的士，巴士
这两年时代不断提速
虽然经常堵车，人们仍不愿起身
让双脚沾沾地气……

驾着小车驶入小区
家已遥遥在望。但我并不急于回去
就剩这最后几步了
我得把路当成路来走，当成
初恋、生命、健康来走
但这路，怎么总是比步子短
我得一小步一小步地踏实

我的劣势恰恰是优势

无论老树和新枝
开出的花，都一样娇嫩、美丽
你能招蜂我能引蝶
你能挂果我能结实
不同的是——
老树见过更多的春旱秋荒
不同的是老树的花开得更高、更洁
让低枝上的骨朵仰视……

是的，你正在经历的
我早已反复经历
就不说：我吃的盐比你吃的饭多
我过的桥比你走的路多
也不赘述，雷电的刀砍斧劈
我的优势恰恰是劣势
是文字体内那一道道看不见的裂痕
不可学，也不可复制……

2017 年 1 月于川医病床

281

印　章

艺术的真谛
就是剔除石头的多余部分
为此，罗丹找到了
"思想者""永恒的春天""吻"
我只找到了自己的名字

好一枚朱文印
颜筋柳骨，我偏好宋篆体
从此，它就代表我四处签字盖戳
申请书、汇款单、收据……

如果是一枚白文印呢
是不是意味着得把我从石头中抠除
当作无用的碎屑，扬弃
换一种说法：人，只有丢掉自己
才能够重新找回自己

反了！这一方印章
得在印泥中见红，落实在白纸上
你才能辨认出——龙郁

影　子（长诗）

所谓影子，其实就是另一个我；也或是我们的另一面。

——题记

一

蝌蚪想摆掉黑色的尾巴
金蝉想脱下黑色的外衣
人若想摆脱影子
也许，只有躲进更黑的夜里
殊不知，它只是
暂时退进了我的身体
当我从厚重的黑暗中钻出来时
它也脚跟脚钻出来
与我寸步不离……

想来，我多舛的一生
也常被命运抛弃
唯有影子，从来没有嫌弃过我
我又有什么理由嫌弃影子

283

二

白昼。阳光
把我的影子投到水泥地上
一个薄薄的我
薄得像宣纸……
风一次次想把它揭起来，揉皱、扔掉
但，并不那么容易

人，只有走投无路
快撞南墙时
影子，才会一翻身从地下站立起来
阻止我倒下去

三

这已是第三次写影子了
无论文思多么锋利
都没有办法将影子与身体剥离
就算奋力一跳
也只能重重地跌回影子

而鸟们就不同了
双脚一蹬，便脱离了地心引力
我看见它们在空中
脱一件旧衣服似的
将影子扔回大地
然后，一身轻松地上下翻飞

害得影子满世界乱窜
唯恐将鸟儿丢失……

原来，影子不会飞
无论人的，鸟的
所有影子，都从不想入非非
影子，是大地的儿子
你看不见它，并不等于它不存在
即或是在夜里
而我不过是影子中长出的植物
影子，是我的胎衣

四

是的，鸟儿有影子
蚂蚁也有影子
影子，不是可有可无的东西
它是身份的证明
千万不要因为它的小
而忽视了存在的意义

一只蚂蚁抓住地球
昼夜轮替——
知否：东半球是西半球的影子
西半球是东半球的影子

五

没有比影子更薄的了

贴在地上，如烟、如纸
没有比影子更厚的了
就算掘地三尺，也刨不到根底

六

影子是另一个我
或我的另一面
但影子却从不说言不由衷的话
更不会阿谀奉承

这就比我强多了
夸夸其谈的我常长篇大论
甚至人云亦云……
虽然影子也跟着我举过拳头
但不是附和，而是反对
其实，特立独行的影子从来心中有数
只是不善言辞……

七

早上好！黎明、旭日
这花枝招展的林木花草
和人的身体
影子不卑不亢穿行其中
只用一种最显眼的颜色——黑
标明自己的位置

你能说，人与人不同吗

无论强弱、贫富，还是阶级
而人类奋斗的终极目标
就是抹去差别
这点，影子提前做到了，胜过我们
无论白人、黑人、黄种人
从不厚此薄彼……

在它看来所有人都是一样
没有高低、贵贱之分
那些名牌服装，金银珠宝皆身外之物
可以忽略不计……

其实，影子并不想垄断一切
你，仍然是你
至于长相、性格、情趣
以及内在修为和学识
就留给我们自己去尽情表演、展示
只需记住一点——
人格，是平等的

八

晨光中，我去练拳
影子，是陪练——
身旁的沙河，时而被我们划拉到左边
时而又被我们拨到右边……

都不示的弱啊
我们把一江水玩弄于股掌之中

影子时而绕到我的身后
时而，又跳到我的跟前
擅使地躺拳的影子，让我左支右绌
头上，已渐渐沁出热汗

好一个机智灵活的影子
——腾、挪、躲、闪
其实，压根儿就不需要多大的地方
——拳打卧牛之地
影子，陪我在原地兜圈

九

凭栏，逆光而立
瘦小的她，影子那么修长纤细
这时，我正远远地
在她身后注视
任凭影子一寸一寸地延伸
直接退进我的怀里……

虽然只是背影
但影子没有正面反面的分别
我悄悄地伸出双手
从身后搂住伊的影子
而我的影子，却深知：非礼勿动
主动向后退去……

十

有好多天没看见影子了
天气阴沉得能拧出水滴
没有阳光的日子秧苗无法光合作用
着急的我！委托影子外出
去寻找太阳的踪迹

背负着神圣的使命
影子如夸父追日
我知道：不找到太阳它绝不会回来
他回来就一定能带回晴空丽日

十一

能在湍急的江心屹立的
并非只有中流砥柱
站在跨江大桥的铁栏边往下俯瞰
呀！只有眩晕
阳光从背后推了我一把
一头跌下去的是我
的影子。啊！我那又轻又薄的影子
在汹涌的洪流中翻滚……

可洪流拿它毫无办法
我的影子，在水面上飘扬如旗
而它，不仅没有被冲走
好像还在指挥大江东去

这才觉得，过去真的是太小看影子了
它，远比我强大得多
自然，也比我更有定力

十二

当白昼隐入夜色后
一盏灯笼
使三尺内的事物无处遁形
影子又把周围的物体
挨个牵扯出来

影子借灯笼现身
而真人已被虚化
但你若以为影子是灯笼制造的
就颠倒黑白了
影子是灯笼化解夜色时
化解不开的部分

陷入影子的包围中
我终于发现——
没有影子的只有无边的黑夜
和与黑夜对抗的影子

十三

梦中。我被人关起来
扔进漆黑的屋子
但，却拿我的影子毫无办法

它从来就不受强权控制

当然，你可以说
你已将影子和我的身体分离
并将它关在了黑牢外
不许探视……

影子啊！你在哪里
当我几近绝望
想划燃一根火柴将失去的影子唤回时
耳畔有声音："嘘！
主人啊！我并未与你分开
一直在暗中陪你……"

是啊！这间小小的屋子
又怎能奈何我的影子
无法囚禁的，是我自由的心灵
影子能从铁栅中自由来去
现在，"暂且坚持你高傲的忍耐"*吧
天一亮，影子自然会带我出去

注：*引自普希金《致西伯利亚囚徒》诗句。

十四

许久没下过雨了
太阳吮干了水井和池塘
用远水解近渴的人
在山路，几乎没有挪动似地挪动着

真想像影子一样倒地
减轻分量

但他不能倒下
地面的影子也背着水的影子
艰难地爬上山岗
你听见过影子喊渴吗
它正与炎热对抗

背水的人走在山路上
像影子一样飘扬
现在，是影子在背着他走了
家，遥遥在望……

十五

新建的高楼大厦
把房间一层一层地垒上白云
我在巨大的阴影中行走
仿佛在别人的屋子中穿行

我原是人世的匆匆过客
这里没有属于我的客厅
但我不是崂山道士。只是由影子
带着我穿越阴影的铜墙铁壁

十六

深夜。月光破门而入

将一个困倦的影子扑倒在地上
它，既没有挣扎
也没有反抗

那是我的影子啊
一整天，都在为生活奔忙
而我也很累了
肩披寒月，在外面用双手撑着门框
就不用我扶你了吧
影子，正艰难地挪动着
慢慢爬上工棚的板床……

十七

太疲倦了！一挨枕头
我就呼呼睡去……

梦中，有影子
飞檐走壁
但我知道我的影子从来光明正大
不可能干偷鸡摸狗的事

恰恰相反，假扮影子的
只能是——
心怀鬼胎的人
道貌岸然的人
冠冕堂皇的人
阴阳怪气的人……
他们，想混淆黑白

嫁祸于影子

可影正不怕人歪
当我挺身而出，大喊抓贼的时候
影子，再一次和我站在一起

十八

是的，我崇拜影子
为突出光明甘愿站到烈日下曝晒
即便被抹黑，也在所不惜

我不喜欢阴暗
影子也是
它并不想躲在身体的黑屋子中
每逢阳光明媚的时候
都想出去透透空气
但，只要我不走它就安心地伴我
我出去它才脚跟脚出去

在空旷的人世行走
影子，是我忠心耿耿的卫士
它忽前忽后忽左忽右
地绕我而行
但，却从来没有拖过我的后腿
也不会成为谁的绊脚石

有时，它也会隐起来
尤其在黑云压城时

但，在闪电下击时它会闪身而出
一举击退闷雷的偷袭

现在，他又再次隐退了
不居功，也不接受我的颂词

十九

我们背着影子来到这世上
看到什么，你不要介意
不要介意我的哭闹、任性、缺点
也不要介意我的影子……

如果谁干净得连影子也没有
你得加倍当心！加倍警惕
那撞得我头破血流的
又岂止是钢化玻璃
据说，只有魑魅魍魉没有影子
妖魔鬼怪没有影子
他们常常以幻象在人世行走
摄你的魂，带走你的影子

所以，要像守好底线一样
守好影子，那是你的根基
要说，在这波谲云诡的世上闯荡
就连我，也只是影子的影子

二十

一旦我寿终正寝后
影子也不会独活
它将随我的肉身一同躺进棺椁
埋进土里……

一切是否已结束了
但，未必——
已故的爷爷曾教导我们说
做人要有骨气……
那日，老家因房地产开发迁坟
我在看见爷爷骨头时
也看见了阳光下骨头的影子

二十一

原以为影子有恐高症
只能脚踏实地
每每，当我攀高涉险的时候
它都显得犹犹豫豫

是呵，谁都有短处
何况是影子……
这次登峨眉山，就不带它去了
可它，跟在我身后
亦步亦趋……

历百十里艰险山路

我们，终于登顶

可影子，却不知跑到哪儿去了

很失落地站在舍身岩边

我蓦然发现——

影子正端坐在云海外的五彩光环中

俨然是佛的化身……*

注：*峨眉奇观之一：佛光。登临者可以看见自己的影子端坐在远处云海中的五彩光环中。

2017.3.25 改于7.2

影子·一首长诗与21首短诗

——创作谈

400行长诗《影子》经友人推荐在伦敦《华商报》破例登出后，既意外又高兴。在这里，与朋友分享："小诗一首，请指正。"把这么长一首诗称为小诗，不是故作谦虚，也不是调侃。而是该诗的21个章节中的每一章节都可以独立存在，而整首诗又浑然一体。

这是我对长诗的一次探索。

这之前，我也曾在《四川文学》《北京文学》《人民文学》《青年文学》等处发表过9首100余行以上的长诗；此外，就是《绿风》诗刊刚留用的《木纹》和这首400行的《影子》了。也是我最看重的重磅之作。

297

应该说，我是能把握和驾驭长诗的。也正因为如此，我才深知它的痼疾：往往，长诗让人望而生畏，退避三舍，不敢轻易触碰。若哪首长诗能让人一口气读下去，并大呼痛快，无疑就是首好诗！不需要任何人，任何理论去肯定，比如：雷抒雁的《小草在歌唱》，叶文福的《将军，不能这样做》这类长诗的特点是切中时弊，喊出了广大老百姓积压在心中的声音。就具体的事件发感慨的长诗是连贯的，较好表现。而对一般的长诗来说（尤其是空对空的形而上的创作）则让人头大。至于长篇叙事诗就更容易因叙事之累而大大消解诗意。

记得是去年秋天，我应邀去重庆大足讲诗。会后，红线女将她的新著《大千大足》偷偷塞给我，叮嘱一定要提提意见。回家后，我感于她的信任，鼓足勇气将书翻开，花了两小时，跳着读完。在微信上回复道：

"大作《大千大足》已拜读，写这本书是危险的选择：写历史和事件的诗，必受制于历史和事件，这就不得不流于铺叙和介绍，而这恰恰又是重于自我感觉和表达的诗所忌讳的。这问题古今中外都未得到解决，《依利亚特》《奥德赛》是这样，《浮士德》是这样，《唐煌》也是这样……就更别说一个小女子了。

在文体上，你采用短句是对的，便于叙述，可也丢失了文采。

不过，这本书的史料价值是可以肯定的，它一定比一本普通诗集的命长……"

我是直话直说，因为这也是困扰我的难题。有时，积压在心中的块垒太重，让人觉得有千言万语不吐不快，却又不敢用诗的形式去表现，即便找到了喻体和对应物也难以下手，《影子》便是，诚如题记中所言：所谓影子，其实就是另一个我；

也或是我们的另一面。

轻飘飘的影子不是轻飘飘的题材。

有些看似不合理，不可能的事，由影子去表达和呈现就合情合理了；有些不便说出的话，由影子去说远比我说更具有说服力。这就是影子这一题材吸引我，让我欲罢不能的原动力。

我是想通过影子写人生、人性、人格，人的潜意识；写传统文化对我们行为的无形作用力。

在我动笔时，刚写了第一小节，不知为什么，在我头脑中反复出现的却是发表在《绿风》上的另一首小诗《站立的影子》，拿过来随手安上，竟天衣无缝！写到中途，我又将发表在《山西文学》上的《背水，影子之重》和发表在《厦门文学》上的《灵魂的剪纸》加入其中，也很合适。这里，有一个值得警惕的问题：那就是将组诗与长诗混淆！比如：我发在《四川文学》上的《五条绳子》虽然属同一题材，但诗与诗之间没有必然联系，而是各自为阵。反之，长诗一定偶然中有必然，是承前启后的。这就是二者之间的不同了。诚如曲近先生所言：长诗的各节之间一定会暗含关联。也就是说要加强各章节之间的有机联系，它们是有序的。我并不担心这样会有碎片化写作之嫌，只要把握好内在结构和节奏，场景转换的蒙太奇手法是无可厚非的。

到这时，我总算茅塞顿开！大彻大悟了：对！长诗在浑然一体的前提下，为什么不能让每一章节独立存在呢？（当然，前提是得把每一章节写得晓有情趣，见诗见眼）在这里，若把每一小节比作是一颗完整的珍珠，串起来，我将其称之为项链效应。看似无序的搭配，其实很有讲究，将每一颗珍珠安放在恰当的位子才能起到珠联璧合的效果，也才显得和谐。才能让人把长诗当成小诗来读，从而解决审美疲劳的问题！读者若不耐烦，可以跳着读，倒着读，挑着读，怎么读都成。这样一想，我立刻将前诗打散，重新结构布局，从多维度、多视角对影子进行了透视和剖析，该删的毫不留情地砍掉，该增补的随笔补上，丝毫未考虑她的长短，洋洋洒洒一路写下来，兴致盎然；也丝毫未考虑这首400余行的长诗！有发表难度。

　　说实话，写长诗除了需要才情和功力外，更需气场。往往，长诗都是一气呵成，而这首诗却三易其稿。一气贯通是顿悟之后的事。虽如此，我仍很高兴，起码，我找到了一种属于自己的全新的表现方式。我用抽象而形象的双刃剑，对人性、人格，人的灵魂进行了一次痛快淋漓的解析和剥离，而我和影子是无法分开的。

2017.8.8 于诗家

前言：

由成都商报《诗歌集结号》、成都清源际艺术中心联合主办的"龙郁和他的朋友们"大型诗歌朗诵会，在三圣花乡清源际艺术中心成功举办。这是继蒋雪峰、雷平阳之后，策划主办的致敬新诗百年系列第三场诗会。诗会结束后，《诗歌集结号》专访了"诗痴"龙郁，分别就他个人的诗歌创作，诗学观点及百年新诗等相关问题，九问龙郁。

他正向烟雨深处走去（代跋）

——《成都商报》诗歌集结号专访，九问"诗痴"龙郁

《诗歌集结号》1 问：

龙老师您好，在诗歌界您有一个广为人知的外号"诗痴"。您对诗歌到了怎样的一种痴迷程度呢，能结合生活实例讲讲吗？

龙郁答：

现在 21 点半。朗诵会结束后，与朋友小酌，酒酣耳热。刚到家。你们突然抛给我九问，并要当晚交卷！有点回不过神来，但也只好遵命，晕头转向提刀上马，乱侃一气了："诗痴"这一称谓，最初出于张贵全、李祖星等人之口，都江堰著名诗人马及时撰文《诗生命——诗痴龙郁印象》发在《作家文汇》上，后多方转载。在我生日宴上，牛放先生赠书"诗痴"将其黑字落在白纸上。再加之此次大型朗诵会，这顶铁帽子龙郁是甩也甩不掉了！

现马及时躺在医院的病床上再次说:"龙郁作为中国传统诗歌融合现代诗歌的民间代表人物,在诗歌流派如繁星闪烁的当下,他对这一自我诗歌觉醒的亡命追求和执着坚守,令人惊讶万分!谁叫龙郁是个千呼万唤不回头的'诗痴'呢!他对诗歌的真爱、痴爱,足可以羞涩人世间无数假诗人!"

应该说牛放兄和及时兄过誉了。"痴"字在字面上讲是傻和呆的同义词,让人想到范进中举;不过,痴也谓之痴情,这就释然了。我想,无论对女人和诗,都应当有这份执着和痴迷。再说,我这人胸无城府,口没遮拦。不做生意,不炒股,不打麻将。除了诗,身外之物都看得很淡。其实,许是早年生活的磨难吧,自认为还心灵手巧,会一手木工活,厨艺也不错。我们这代人大多生存能力极强。能吃苦耐劳,少有非分之想。比如:开一辆破夏利还底气十足地自以为是开的是宝马、奔驰。自从与诗结缘,更是从一而终。乐山有一位作者曾问我:"诗对你意味着什么?"我张口答道:"生命和宗教。"是的,这是我的真情流露,不需要思考。也有人说:龙郁只知道诗,别的人情世故全不懂。我笑了,是的,我是通过诗来看人生和世界的。

《诗歌集结号》2 问:

如何让自己诗歌审美、写作水平得到提升,这是所有诗歌写作者需要面对的难题。您是怎样做的,仅仅是靠对诗歌的痴迷吗?在您多年的诗歌创作生涯中,对您影响至深的诗人有哪些?他们在哪方面影响了您?

龙郁答:

我是一个好诗崇拜者。凡看到让我折服的好诗,必一笔一画地誊抄下来,抄诗如抄经。然后,认真拜读学习,无论她是名人还是无名作者;无论他是中国人还是外国人。我认为:学诗之道重在——学会赞美，学会服气，必须懂得尊重好诗，承认别人的好。古人云：融百家所长为一炉。传统是诗的必由之路，也是诗的必弃之路；对于翻译的外国诗，也同理。关键是炼出属于自己的一炉好钢！大师太多了，所以，我不想引用几位老外的大名来装渊博，只能说以好诗为师。对于年轻人来说，模仿是必要的，这就如书法的描红，描着描着你的笔就自己走了。千万不要盲从。我常对弟子们说：要当一个好诗人，必先当一个好的鉴赏家。连什么是好都不知道，你怎样写出好诗呢？这也是审美修养。所以我要求他们一定要订《诗刊》《星星》《绿风》，这也是我的必读刊物。习诗最关键的是认清自己，找到自己。奇怪吗？自己找自己？人，由于性格、情趣、经历、学识的差异，行文方式和思维方式自然也有所不同，所以不能一概而论；这样说吧：当你读到一首能打动你并能领会其中妙处的诗时，说明这首诗与你的心灵靠得最近。这就是你寻找自己的方向。

《诗歌集结号》3 问：

读您的诗歌，从表面上看语言朴实无华，非常散文化，似乎没有太多技巧，但整篇读下来却又明显是诗，而且读来荡气回肠、十分享受。您能就您个人的经验谈谈诗歌语言与诗歌技巧的运用吗？

龙郁答：

无技巧乃是最高技巧，我还达不到。你觉得我的诗散文化吗？可能不是吧。在习诗的过程中，我非常注重形象思维，但，以此物比彼物的初级阶段早已不在话下，而意象、变形、通感也仅仅只是手法。说什么诗到语言为止，有人曾自以为是地对人说："写诗就是要把形象和意象玩转！"听后，我哭笑不得，语言不过是载体，是感情和诗思的外在表现，我最讨厌的是玩文字游戏！你抱住的不是有血有肉有灵魂的美人，而是一个绣花枕头！连硅胶娃娃都算不上。诗到一定阶段，比的是境界，看重的是整体形象，是风骨和气场。

请注意，上面的话绝不是说语言不重要，而是太重要了，重要得让人敬畏！一首诗要如何表现得独到、新奇，让人耳目一新，就考你的文字功力了。在写作中，我就力求出手不凡，争取尽可能在三行内抓住读者！这需要诗人有独到的眼光！比如：写一片小景，你写得越像就越失败，再像你能像过照相机么？世界是怎样的并不重要，重要的是诗人眼中的世界是怎样的。不少人之所以失败，就因为太四平八稳，把诗写得太像诗，让你在语法修辞上挑不出毛病。可缺少的恰恰是自己的东西。写诗一定要拒绝平庸，要尽可能给人意外，若再在意外后加上惊喜，你就成了。所以写诗尽量不要使用公众语言，更不要使用公众的思维方式。不过，只要用得恰当，一句乡俗俚语也能出奇制胜。概括力、表现力是对才气的考验，一首诗若缺少机智和智慧又怎能引起读者读下去的兴趣呢。

《诗歌集结号》4 问：
当代诗歌发展到现在，审美标准已经非常多元化。不仅读者一脸懵懂，很多诗人也会感到疑惑。您有着 40 多年的诗歌阅读、写作经验，能谈谈您心中好诗的标准吗？

龙郁答：
这问题上面我已涉及。是诗和诗人的尴尬。诗因读者而存在。当然，诗人本身也是读者。我只能回答你说我是个独立写作者，从不介入派系纷争。它让人想到拉大旗作虎皮；想到文革，想到造反派、红卫兵……因为对缪斯的敬重，所以讨厌故作高深、装神弄鬼、玩弄文字。阿赫玛托娃曾说过："把诗写得晦涩难懂是不道德的。"我想这话与含蓄、内蕴无关。诗人

304

首先应当诚实，应当尊重读者，不要太自以为是。否则当心被开除出理想国……

而今，常挂在诗人嘴边最时髦的话是文本、陌生化。所谓文本不就是母语的各自表述么。而陌生化在我看来应该是表述的别致、新奇、意外；无论是构思或行文，体现在书面上都应该精准、传神，耳目一新。诗可以破语法，但不是胡乱搭配、信口开河，似是而非。

至于诗歌的多元化，不就是百花齐放么？好啊！唯其如此更显出诗歌的魅力。不过请注意：多元不是乱套，随便打一杆旗子你就占山为王？拿好作品来让我们服气呀！当然，流派是存在的，但无论什么元，其最终目的都是为了出好诗。就不要假见仁见智之类的托词来诓老百姓了。好诗是金子，在仁者眼中是金子，在智者眼中还是金子，所不同的是这金子是打成手镯，还是打成项链。而破铜烂铁翻来覆去只能是烂铁破铜，如此而已。那些写给后代人看的诗，就留到后代去发表吧。我不屑与之理论。

至于写作经验，首先需要的是定力！要耐得住寂寞，并博览广阅，吸收，消化、创新。而我心中的好诗标准是：洗眼！洗心！基点是：一、有生命气息；二、有真情实感；三、有人间烟火味。

《诗歌集结号》5 问：

如果把诗歌写作比作赛跑，那么诗歌界可以说是从来都不缺乏爆发力好的短跑名将，但往往又都是各领风骚三五天之后便销声匿迹。据我所知，40 多年以来您诗歌创作坚持不懈，关于诗歌这场马拉松，能谈谈您的经验吗？

龙郁答：

对极。这让我想到 20 世纪 80 年代对诗歌的疯狂，有人戏言：在春熙路随手抛一把石子都能打到三个诗人。可时过境迁，往事不再。当年的同行者纷纷星散而去。究其原因，除了是事物的必然性外，也与诗歌界的乱象分不开。而作为主流导向的刊物和诗坛权威们也听之任之，一些聪明的编辑为了不显得自己老套和落伍，也识时务地大势附和，推波助澜。终使诗歌远离大众，一时间诗坛成了名利场、江湖、黑社会。沦落到无人问津的悲哀境地……诗歌的良民能不落荒而逃么？

有人说我是诗坛的长青树，其实不是。一度，我也因诗坛的乌烟瘴气而急流勇退了！我远离了诗歌，准确地说是远离了创作，守着一份《诗家》报，只想为诗歌留下一块净土。整整十年啊！看着诗界一天沦陷，我悲哀而心不死……

直至 2007 年退休后，诗界的一潭浑水才逐渐沉淀。我沉睡的诗情又重新焕发，创作欲和发表欲也逐渐苏醒。可重拾诗笔，诗坛已物是人非。要单枪匹马杀出一条血路谈何容易！毫无背景和凭借的我，只有靠质量取胜（这恰恰为自己找到了上升空间）。我在不断的自我否定中蜕皮。几年下来，自觉上了不止一个台阶。这种写作是建立在厚积的基础上薄发的，而并非想当然。我最大的优势是年轻人所没有的经历和磨难，这才是创作的巨大财富啊！人生阅历、社会经验、知识积累、文化修养只有到了某个年龄段才日趋成熟，抵达真正意义上的收获季节。长久的疏离后，我是在用创作来犒劳自己呀！有诗相伴，我活得充实而快乐。

《诗歌集结号》6 问：

联合朋友举办诗会，足见您对友谊的重视。我注意到：古诗词中朋友相互赠答诗词已经成为一种常态，往往佳作频出。而在当代诗歌中却十分少见。您能就这一现象谈谈您的看法吗？

306

龙郁答：

这问题让我想起一些辛酸的往事。历来，文人相轻。当年在我初涉诗歌时，在请教别人屡遭冷遇后，我曾在心中暗自立下誓言：有一天，当我有能力时一定要以宽厚的胸怀去包容别人，去善待年轻作者。记得罗曼·罗兰曾说过："我把那些热爱艺术，为艺术受苦的人，都看成是自己的兄弟姊妹。"以先贤和师长们为表率，我是这样想的，也是这样做的。回首往事，磨难算得了什么，世上毕竟好人更多。诗神没有亏待我，我也不能对不起缪斯。所以我热爱诗歌。更喜欢真正热爱诗歌的人。爱诗的本身就是一种境界。

对了，关于你所说的"古诗词中朋友相互赠答诗词已经成为一种常态，往往佳作频出。而在当代诗歌中却十分少见"算是问到点子上了，几十年来我们已习惯了关注一些醒目的题材，习惯了为这服务为那服务，而唯独忽视了亲情、友情等个人感情领域的微末细节。好在这一现象正在改变。我相信：随着诗歌触角的延伸，这一题材会很快回归到内心与日常；回归到社会和民众，成为心灵的烛照。

我的人生有三大乐事：1. 写诗之乐；2. 发表之乐；3. 谈诗之乐。我就常在友人聚会时即兴赋诗。谈到得意忘形时，常信口吟诵，甚至大呼：笔来！比如：在一首《题赠大如兄》的诗中，就信手拈来："与你在一起的最大好处是/——我显得年轻/不过，这世上当得起我叫兄长的/又有几人//身旁，一朵小花在叫哥哥/你和我，都抢着答应……"诗就是我的日常生活，只要生活在诗的状态中，与诗融为一体，你不找诗，诗也会找你。

写诗，是一种自我的内心表达，不必按刊物和编辑的口味写作。

《诗歌集结号》7 问：

如今国内一部分诗人写作风格倾向西式，写出来的诗歌酷似翻译体，晦涩难懂。而另一部分偏向于传统形式，却又严重缺乏创新。您怎样看这一现象？

龙郁答：

说实话，我写诗就是从读普希金、拜伦起步的。向外国诗学习本没有什么不好，但千万别食洋不化，生搬硬套。还美其名曰横的移植，搞得似驴非马。什么知识分子写作、民间写作、先锋、现代、后现代，直至下半身、梨花派……可谓眼花缭乱。说句不客气的话，诗离诗越来越远了，我们见到的不过是言之无物，琐碎、猥亵，对平民的糟蹋，对普通读者高度蔑视。难怪人们说诗越来越让人读不懂了，平民读不懂，教授也读不懂。而他们还为自己的写作找到玄奥的说辞和蛮横的理论支撑（姑且把它称之为理论），反正，怎么惊世骇俗怎么说。但瞧仔细了，从是是非非派们的笔下你能看到民间疾苦吗？你能从他们的文字中听到社会进步的跫音吗？那些不好好说话的人。表面上看很叛逆，实则是对现实的遮蔽，是一群毫无社会担当的自私自利之徒。他们把那些鸡零狗碎，无关痛痒的阴暗心理写得高深莫测，让人不知所云。请问，你愿意被愚弄吗？

说到另一部分偏向于传统形式的人的症结，你已经指明：严重缺乏创新精神。

《诗歌集结号》8 问：

作为四川诗歌界的前辈，又是早期参加有诗坛"黄埔"美誉的"青春诗会"的诗人。面对近几年来的"青春诗会"四川地区常常被剃光头，您怎样看待四川诗歌的青年诗人的发展？

龙郁答：

上有王尔碑、白航、木斧、沈重、方赫、蓝羽等老师健在，他们才是前辈！我黄口小儿而已。参加"青春诗会"的最大收获是让自认为才高八斗的我知道了自己的无知和浅薄，许久不敢动笔。所以才大量读书，调整知识结构，扩大创作的视野。说心里话，我对《诗刊》怀着一份感恩，唯恐给他们丢脸。至于近几年来的"青春诗会"四川地区常常被剃光头。潮涨潮落，也是无可奈何的事，不要怨天尤人。回忆我整个创作生涯，在中国叫得响的刊物上大多发过作品，也有个别至今没上的。也就是说成功过，更失败过，有一点值得年轻人学习，那就是我从不抱怨编辑部，而只是在暗中不断学习、摸索，努力提高自己。东方不亮西方亮嘛，全国刊物多的是。只要自己的作品过硬，总有慧眼识马的伯乐。对于创作而言，拉帮结派不行，拔苗助长不行，投机取巧也不行，作家最终只能用作品说话。不过，希望是存在的，据我观察，四川不少年轻人正露出可喜的苗头，只是要摆正创作心态，耐得住寂寞，潜下心来用功，天道总会酬勤。

说到培养年轻人，自然没错。我就是当年受到过培养的众多年轻人之一。可到而今，又剩下了几粒呢？就算是晚稻，也是粮食呀！米与米有分别吗？若不及时收获，也只好烂在地里。记得冰心有首小诗《题词》："年轻的时候/会写点东西的都是诗人/是不是真正的诗人/要看到他年老的时候"如此直白的一首小诗竟被早年的我记在了我喜欢的好诗之列！几十年后，是否有点明白了……明白了什么？我也说不清。记得在巴金文学院参加的一次由中国作协会组织的座谈会上，我就曾对学敏主编说："作为四川作者，真心想把自己最好的诗给《星星》。为本省增光、争气。只希望编辑部不要有年龄界线，作者就是作者，谁又不老呢？不必照顾，只求一视同仁，在作品面前人人平等。"真的，我写诗时就从来没考虑过年龄！觉得

309

自己就六七岁。人啊！无论老少，不进则退，也很容易江郎才尽。我曾对我的学生说："你们哪天觉得龙老师的诗不行了，一定得及时提醒我。我立刻收笔，决不赖在诗坛，也决不亵渎缪斯。"

而所谓培养也只是一时不是一世。年轻人最好不要等着谁来培养，应该自己培养自己呀！这才是最靠得住的。

《诗歌集结号》9 问：

中国新诗已经百年，四川作为中国诗歌重镇，您怎样评价百年来四川诗歌的得与失？

龙郁答：

都是汉语写作，诗应该没有地域观念，性别观念。至于新诗百年，在我们之前该留下的已经留下了，不需要谁去认定。而我们经历的时代，成绩不容抹煞，但也不可否定其乱象丛生。可笑的是有人想提前上诗史，我担心他反而会是诗史的污点。敢问：历史就这么短浅么？我不知道唐诗、宋词、元曲……中是否有 80 后、90 后之分，（90 后还分上 90 和下 90）其实，在诗歌的历史长河中，一百年短得连缝都没有，谈何断代，分野？新诗才初具雏形呀！又何必急着做总结呢？来日方长，一切留待后人去评说吧。

2016 年 9 月 23 日记　9 月 26 日修订

（原载《三峡诗刊》2016 年第 4 期、《成都文艺》2016 年秋季号、《百坡》2016 年第 4 期、《武侯文艺》2016 年秋季号、《四川文学》2017年 1 期）